—— 作者 ——
罗伯托·冈萨雷斯·埃切维里亚

耶鲁大学西班牙语和比较文学教授。出版过多部有关西班牙文学、拉丁美洲文学和比较文学的研究著作。

[美国] 罗伯托·冈萨雷斯·埃切维里亚 著　金薇 译

牛津通识读本·

现代拉丁美洲文学

Modern Latin American Literature

A Very Short Introduction

译林出版社

图书在版编目（CIP）数据

现代拉丁美洲文学 /（美）罗伯托·冈萨雷斯·埃切维里亚著；金薇译 — 南京：译林出版社，2023.1
（牛津通识读本）
书名原文：Modern Latin American Literature: A Very Short Introduction
ISBN 978-7-5447-9366-7

Ⅰ.①现… Ⅱ.①罗…②金… Ⅲ.①拉丁美洲文学 – 文学研究 Ⅳ.①I730.65

中国版本图书馆 CIP 数据核字（2022）第 137199 号

Modern Latin American Literature: A Very Short Introduction, First Edition by Roberto Gonzalez Echevarria
Copyright © Oxford University Press 2012
Modern Latin American Literature: A Very Short Introduction, First Edition was originally published in English in 2012. This licensed edition is published by arrangement with Oxford University Press. Yilin Press, Ltd is solely responsible for this Chinese edition from the original work and Oxford University Press shall have no liability for any errors, omissions or inaccuracies or ambiguities in such Chinese edition or for any losses caused by reliance thereon.
Chinese edition copyright © 2023 by Yilin Press, Ltd
All rights reserved.

著作权合同登记号　图字：10-2013-27 号

现代拉丁美洲文学　［美国］罗伯托·冈萨雷斯·埃切维里亚 ／著　金　薇 ／译

责任编辑　王　蕾
特约编辑　荆文翰
装帧设计　孙逸桐
校　　对　戴小娥
责任印制　董　虎

原文出版　Oxford University Press, 2012
出版发行　译林出版社
地　　址　南京市湖南路 1 号 A 楼
邮　　箱　yilin@yilin.com
网　　址　www.yilin.com
市场热线　025-86633278
排　　版　南京展望文化发展有限公司
印　　刷　徐州绪权印刷有限公司
开　　本　850 毫米 ×1168 毫米　1/32
印　　张　5
插　　页　4
版　　次　2023 年 1 月第 1 版
印　　次　2023 年 1 月第 1 次印刷
书　　号　ISBN 978-7-5447-9366-7
定　　价　59.50 元

版权所有·侵权必究

译林版图书若有印装错误可向出版社调换　质量热线：025-83658316

序　言

张伟劼

大概也就是从十年前开始，拉丁美洲文学在中国重新火了起来，以至于谁要是不能说出两部以上马尔克斯作品的名字，都没有资格宣称自己是文艺青年。我的一个德语系同事哭笑不得地告诉我说，给本科一年级新生上德国文学研讨课，很多学生表示没怎么读过德语文学，对拉丁美洲文学还是比较了解的，比如马尔克斯、博尔赫斯……

此二"斯"，大概是在中国销量最高、影响力最为广泛的两位拉丁美洲作家了，包括莫言在内，多少中国作家是以此二"斯"为师的啊！这两位大师颇能代表拉丁美洲文学表现出来的一些对立又统一的倾向：书写社会现实和探索玄幻世界、寻找本土文化之根与承继西方文化传统、视文学为反压迫反强权的武器和视文学为文学本身……不过，他们还不能完全代表现代拉丁美洲文学。马尔克斯以长篇小说见长，博尔赫斯以短篇小说为人熟知。不可否认，小说仍然是我们今天这个时代最主要的文学体裁，但同样不可否认的是，小说不是文学的全部。

在这本小而精的拉丁美洲文学史著作中，耶鲁大学教授、著名的西班牙语文学研究专家罗伯托·冈萨雷斯·埃切维里亚向我们展示了从19世纪初至21世纪初的拉丁美洲文学全景，从"诗的步履"开始，经历散文的兴盛和现代主义诗歌的繁荣，到新小说的完美绽放和更新一代叙事文学的崛起。不同文学样式呈现出的这种此消彼长，是文学的规律，正如王国维的名言"一代有一代之文学"，或如雅各布森关于每个时代的艺术中均有一种艺术作为主导的论断。

如此广袤的一片大陆，加上加勒比海上的那一连串岛屿，何以形成一种南北呼应、步调统一的文学？换句话说，一部由大多数拉丁美洲国家的文学生产共同造就的文学史，是如何成为可能的？我们可以在这本书中找到答案。反过来说，拉丁美洲文学共同遗产的继承、跨国写作共同体的维系，又不断地维护着拉丁美洲共同体的存在。乌拉圭文论家安赫尔·拉马曾指出，新旧殖民主义使拉丁美洲在政治上长期处于巴尔干化的状态；一个拉丁美洲国家和另一个拉丁美洲国家的相似之处之所以还能表现得如此明显，首先应当归功于文学。通过文学来了解拉丁美洲，是许多从事拉丁美洲政治经济研究的优秀学者的不传之秘。在埃切维里亚的这本书中，我们读到的不仅是文学史，也是社会史、思想史。在拉丁美洲时而混乱无序的权力变动之下，感知和思想的暗流在沉静地流淌。把握了这些地下暗河的走向，也就更易于看清政治潮流的经脉了。

除此之外，我们还能从中读到一些有趣的文学地理学现象，或者说世界文学现象：拉丁美洲文学主要的生产空间，一度是远隔重洋的巴黎；美国似乎在和法国暗中较劲，既为拉丁美洲作家提供灵感和参照，也慷慨给予赞助和庇护所。作者凭借他开阔的视野和深厚的阅读素养，向我们展示了拉丁美洲文学与法国文学、英语文学之间的隐秘联系，也揭示了拉丁美洲文学从学徒式模仿到自主创新的艰难历程。对于也曾学徒般模仿马尔克斯和博尔赫斯的中国作家来说，拉丁美洲文学的道路不也很有启发意义吗？

此书篇幅虽小，但涉及大量专有名词，有些人名和书名在中国还鲜为人知，另一些则有了在业界之内约定俗成的译法，翻译这样一本书并非易事。好在译者金薇女士是西班牙语语言文学科班出身，又从事西班牙语文学编辑工作多年，作为非常称职的译者，提供了准确而流畅的译文。此书在南京出版，恰逢第一届中国西葡拉美文学研究会在南京成立40周年，当年参会的前辈，如今有几位已经在天堂图书馆中与博尔赫斯、马尔克斯相会了。这几位我们的老师若是能看到此书的出版，一定会为我国拉丁美洲文学译介和研究事业的继续发展而感到欣慰的。

2019年9月于南京大学

谨以此书纪念图库曼[①]文学大师
奥克塔维奥·科尔巴兰

[①] 阿根廷西北部的一个省。——书中注释均由译者所加,以下不再一一说明

目 录

致　谢　1

第一章　引　言　1

第二章　诗的步履：从浪漫主义到西语美洲现代主义（从安德烈斯·贝略到鲁文·达里奥）　10

第三章　19世纪的散文：揭开拉丁美洲的神秘面纱　33

第四章　诗的步履：从西语美洲现代主义到现代主义　54

第五章　20世纪拉丁美洲小说：从地域主义到现代主义　91

第六章　今日拉丁美洲文学　128

译名对照表　137

扩展阅读　143

致　谢

牛津大学出版社的编辑南希·托夫女士让我相信，撰写这本《现代拉丁美洲文学》是一项很有意义的尝试。她说得没错。将跨越两个多世纪的拉丁美洲文学浓缩进一本小书，其难度可想而知；待真正落到笔尖，更是困难重重。这迫使我努力阐明各类概念，希望读者可以清晰地理解。同时，我不得不以最严苛的标准，在现代拉丁美洲文学史中挖掘出最耀眼的作品，逐一评判其文学性及影响力，并做出取舍。评估是文学批评中盛行的一种研究方法，尽管最不讨好，并且讨论也最少。可以肯定的是，许多拉丁美洲文学研究者会对本书撷选的作家、作品持不同观点，甚至对一些未入选的"心头之爱"深表惋惜。或许只有邀请他们一同来尝试，受限于这短小的篇幅，方可体会编选的不易。我始终以为，批评只是讨论的起点，而非终点。大众读者会愉快地忽略这些争议。我真诚地希望，在读完这本书后，读者会迫不及待地想要真正进入拉丁美洲文学的殿堂。

在撰写这部通识读本期间，我听闻我博学的同事、好友罗莱纳·阿多尔诺也在撰写一本殖民地时期的拉丁美洲文学史。我们商定共同以安德烈斯·贝略为连接点，这样一来，无论读者捧起哪一本,都能够领略这位委内瑞拉文学大师的独特魅力。在写作过程中,我每一步都与罗莱纳探讨切磋,深深被她的睿智、博学和精准品位折服。在她的提点之下,本书仍然可能有疏漏纰缪之处,但这些当然完全是我的失误。

感谢年轻学者、我的得力助手詹妮弗·达瑞尔,她的勤奋认真、聪慧博学为本书增色不少。她为本书的撰写和出版忙前忙后,精心选择插图、联系购买版权,对此我谨表示由衷的感谢。

2010年春假,在佛罗里达州的安娜玛利亚岛,我趴在出租公寓的餐桌上动笔撰写这本《现代拉丁美洲文学》。我深爱的太太伊莎贝尔从我身旁经过,不时劝我注意劳逸结合——我要感谢她的陪伴与支持。那年夏天,在我们于智利圣地亚哥和康塞普西翁休假的两周中,我又提笔继续写作。在那里,我们的东道主、我的朋友、智利天主教大学教授罗贝托·奥咨文与我就书中的观点和选目展开了激烈讨论。我由衷感激他的洞见。同时,感谢哥伦比亚大学的古斯塔夫·佩雷斯-菲尔马特,在与他的讨论(或曰"争论")中,我和我的作品获益良多。

第一章
引　言

　　20世纪60年代，世界范围内掀起了一股前所未有的"拉丁美洲文学热"：豪尔赫·路易斯·博尔赫斯、加夫列尔·加西亚·马尔克斯、胡里奥·科塔萨尔、马里奥·巴尔加斯·略萨、卡洛斯·富恩特斯、巴勃罗·聂鲁达和奥克塔维奥·帕斯陆续进入西方受教育阶层读者的视野。米格尔·安赫尔·阿斯图里亚斯、聂鲁达、加西亚·马尔克斯、帕斯相继斩获诺贝尔文学奖；据说在当今中国，加西亚·马尔克斯已成为最受追捧的殿堂级作家。2010年，巴尔加斯·略萨也摘得诺贝尔文学奖桂冠。然而，在西班牙语世界以外，孕育这些伟大作家的叙事传统，却鲜有人真正了解。

　　尽管拉丁美洲的文学起源可以追溯到遥远的过去，拉丁美洲文学界却是直到19世纪50年代才首次萌生了"本土文学"的集体意识：一群来自拉丁美洲几个国家的流亡作家与外交官在巴黎集聚并共同创刊，以批判的视角重新审视殖民遗产，视其为新发现的文学传统的发端。这种对自我和对殖民者的重新认知，脱胎于拉丁美洲摆脱殖民统治的独立浪潮，逐渐孕育出众多声势浩大的文学新风潮和新实践并延续至今。

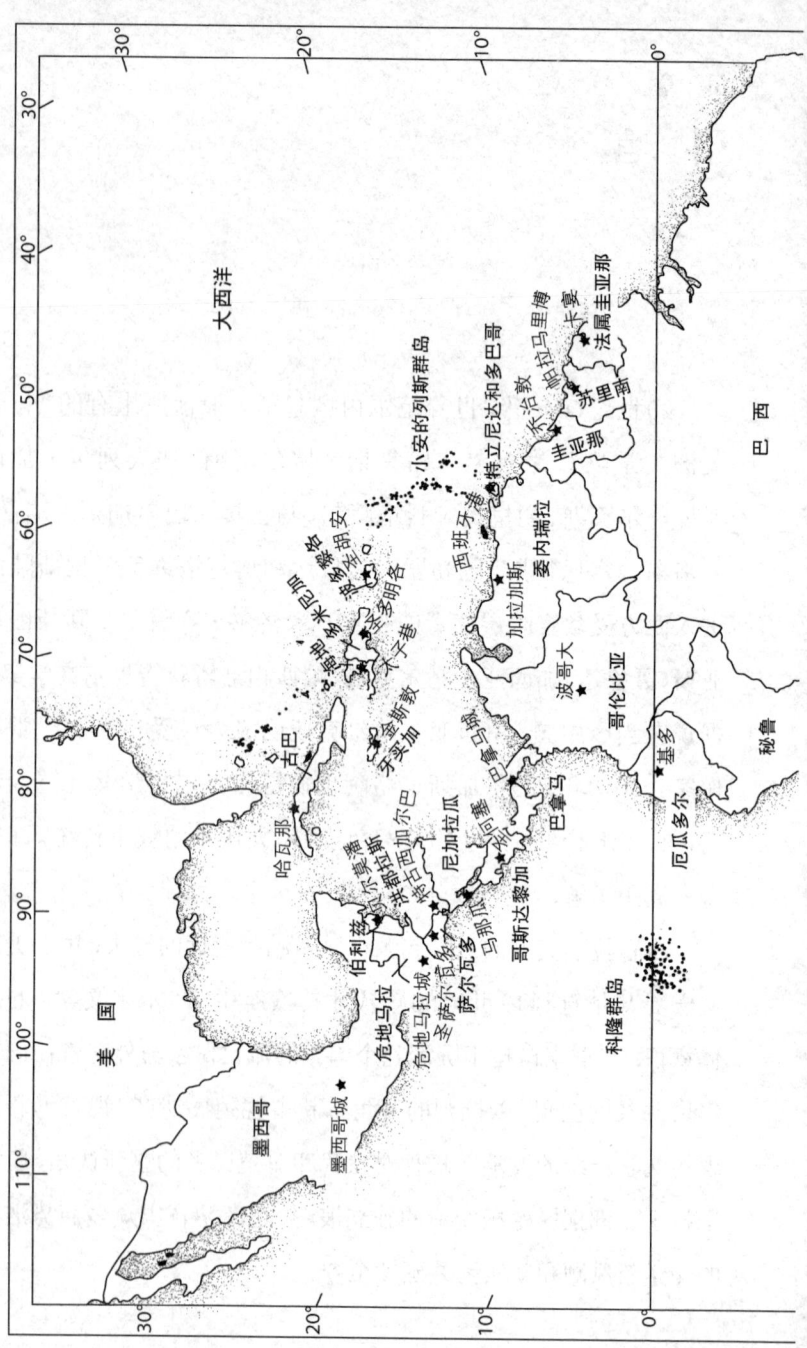

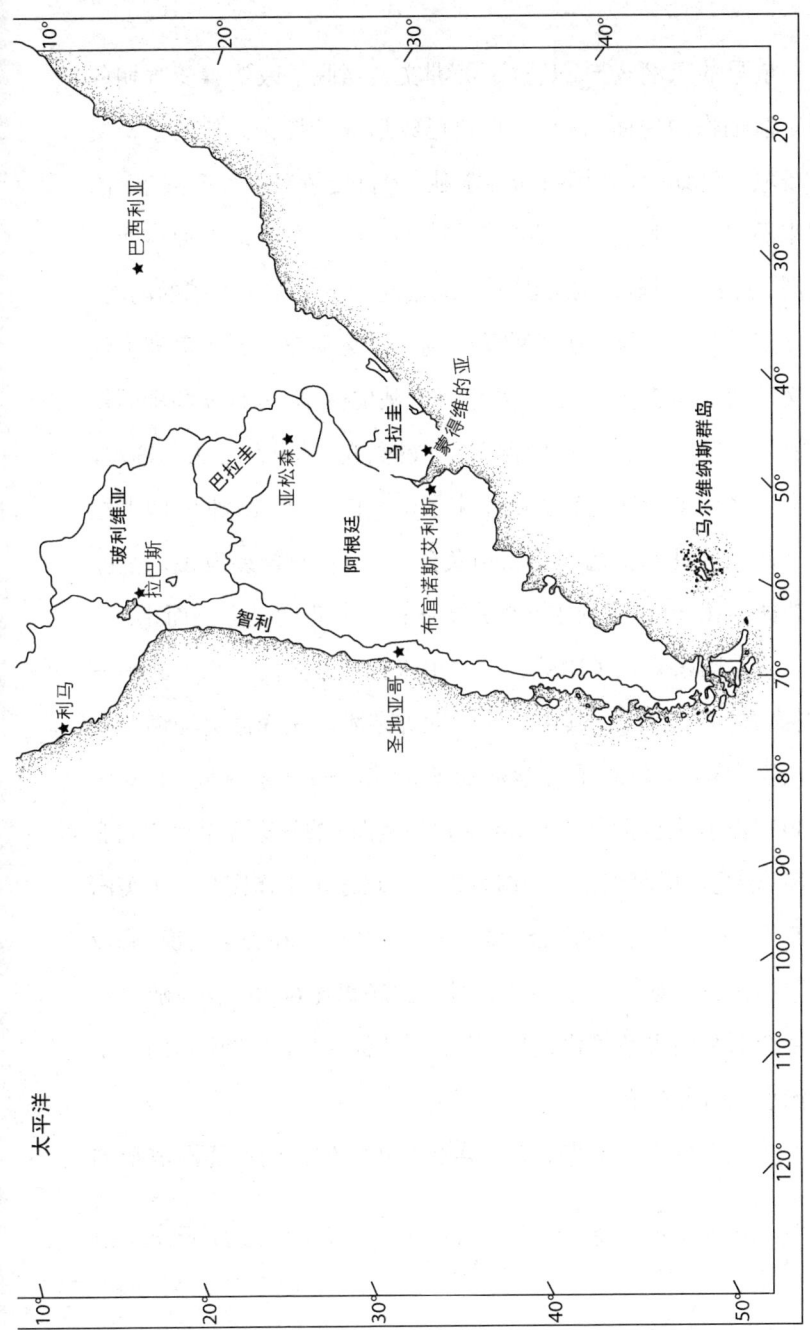

图1 当代拉丁美洲版图

最早的风潮之一，是拉丁美洲文学摆脱了政治骤变时期各国零散创作的局面，意识到自己已经形成了贯穿大陆的统一文学场域。这期间，各国纷纷寻求独立，百废待兴。美西战争[①]的到来不仅大为削弱了西班牙帝国的实力，也在英语美洲与西语美洲、宗主国西班牙与美洲殖民地之间划下了无法逾越的鸿沟。文化差异孕育出拉丁美洲的第一场文学运动——西语美洲现代主义运动。20世纪初，第一次世界大战的落幕、苏维埃和墨西哥革命的爆发，带动了"先锋派"文学的兴起，诗歌作品大量涌现，散文次之。第一次世界大战带来了深重的灾难：欧洲在19世纪建立起来的理想信念和远大抱负轰然崩塌，科学新发现的全盛时期如昙花一现，帝国主义肆意扩张的美梦也随之戛然而止。

西方国家陷入了困顿。一种主张打破常规的艺术形式——"先锋派"应运而生，其中包含了欧洲艺术。先锋派运动遍及欧洲，流派迭出，刺激了文学活动的繁荣。西班牙内战（1936—1939）期间，来自世界各地（包括拉丁美洲）的作家齐聚伊比利亚半岛，借笔声援西班牙共和国政权。西班牙本土作家与拉丁美洲作家（尤其是诗人）的融合，培育出广泛的政治和美学共识，碰撞并开辟出西班牙语诗歌的黄金时代。20世纪60年代，伴随着古巴革命而来的去殖民化趋势，催生了被称为"文学爆炸"的拉丁美洲小说的大繁荣。

就在世界格局骤变、拉丁美洲大陆的集体创作逐渐成形的

---

① 1898年，美国为了夺取西班牙在美洲和亚洲的殖民地而发动战争，战争的结果是西班牙承认古巴独立，将关岛和波多黎各割让给美国。

同时,在各国政府的催发下,各国都有自己的国家文学,出现了一批有本土特色的知名作家。各国取得独立后普遍采用中央集权模式,作家和知识分子往往身兼国家公职,职务从显赫的外交官到普通的教师或政府官员。相较而言,大国文学更为繁荣,尤其是殖民时期总督府所在区域(墨西哥、秘鲁、拉普拉塔河流域);哥伦比亚、智利和古巴亦拥有优渥的文学土壤(古巴文学的繁荣源于其特殊的地理位置:首都哈瓦那为一年两度西班牙舰队驶回本土的重要港口)。但是,国土面积或旧时的战略地位,绝非本土文学大家产生的唯一条件。1867年,鲁文·达里奥在小国尼加拉瓜出生,后成为继加尔西拉索·德·拉·维加(1501—1536)之后西班牙语诗界最具影响力的诗人。

由这群聚首巴黎的作家和知识分子引发的另一股风潮,是越来越多的拉丁美洲艺术家开始拥向法国首都,并随时将他们的文学与艺术思潮从那里推向世界。选择遥远的巴黎作为据点,与拉丁美洲天然的政治地理情况有关:广袤的土地上分布着19个大大小小的国家,缺乏一个具有号召力和辐射力的核心大都市——像纽约之于美国人,伦敦之于英国人那样。除却地理因素的限制外,在这些作家和知识分子的心目中,巴黎象征着挣脱出西班牙传统的自由,它拥有西班牙所不具备的、无与伦比的世界主义精神。因此,拉丁美洲的知识分子和艺术家纷纷被吸引至此,名作家中鲜有人不懂法语——这一传统甚至延续至今。

除了大陆一体意识、世界主义倾向外,拉丁美洲文学还形成了一种使自己区别于美国文学的独特创作风格。19和20世纪,拉丁美洲文学一直被笼罩在美国文学的阴影之下，但拉丁美洲文学最终走上了完全不同的道路。美国文学更倾向于表现城镇生活，而拉丁美洲文学常常通过作品来歌颂乡村图景和自然风光。在拉丁美洲文学作品中，自然界以丛林或广袤的平原的形象出现，是一种诱人的、险恶的力量，守护着个人和集体身份中的隐秘；鲜有拉丁美洲作家将其展现为田园诗般的风貌。

拉丁美洲作家在巴黎掀起的第三股风潮，是以文学刊物为核心阵地，推广他们一致认可的哲学和美学观点。可以说，现代拉丁美洲文学史，就是伴随着这些刊物在美洲大陆的传播而发祥的。首本刊物的创刊地不在巴黎，而是由委内瑞拉作家安德烈斯·贝略在流亡伦敦时发行，名为《美洲文荟》（1826—1827）。但这本刊物的创办仅是一项个人的创举。紧接着，布宜诺斯艾利斯的《南方》、哈瓦那的《起源》、墨西哥城的《当代人》和波多黎各圣胡安的《探路人》等，纷纷创刊。时至今日，文学刊物仍有多种，墨西哥的《自由写作》便是一例。这些刊物多由作家个人发起，但其中也有官方支持的，如哈瓦那的《美洲人之家》便是由卡斯特罗共产主义政府出版的官方文学刊物，用于文化宣传。

另一股基于巴黎的19世纪拉丁美洲文坛的重要风潮，是作家们试图以殖民地文学为起点，展开一场追本溯源的"寻根运动"。怀抱着一种浪漫主义精神，他们试图从故土的文学创作中找到引领新叙事传统的本源，就像欧洲文学在"本土史诗"（《熙德之歌》、《罗兰之歌》、《尼伯龙人之歌》和《贝奥武夫》）中寻到的一样。考虑到殖民地文学创作于西班牙统治时期，作者多为西班牙人,"寻根"对于拉丁美洲而言确属不易。作家们想出的对策,是强调发现和征服美洲时所创作的纪事文学中,日后成为拉丁美洲的这片土地上发生的事迹,这些文字被赋予了史诗般的意义。他们同时指出,"印第安式"巴洛克风格(一股席卷17世纪新大陆的艺术风潮)的诗人和艺术家恰恰将自己美洲人的身份视作巴洛克风格的精髓。这些殖民时期的经历多次被写入小说,使读者对这一时期产生了强烈的兴趣。

同北美作家一样,这些拉丁美洲叙事传统的奠基人怀有展现这个新世界原始生命力的伟大抱负——时至今日,众多拉丁美洲作家依然将此视为写作的原点。在后来的发展中,对西方历史完全陌生的美洲作家身上继续体现出了这一点——无论是原住民还是非洲后裔,因为他们的祖先都不具有欧洲血统。这种对本土文化的孜孜以求,以各种方式一路延续至今,尽管事实上拉丁美洲文学写作所使用的语言来自西方,文学体例也是完全西式的。沃尔特·惠特曼的诗作既是个人心灵发展的史诗,也是美国民族发展的史诗,他所倡导的勇于探索新世界的精神,同样反映在拉丁美洲文学的作品(如聂鲁达的诗歌和马尔克斯的小说)中。对于拉丁美洲所面临的困境——一方面根植于欧洲体系,另一方面试图创立新传统——博尔赫斯给出的解决方案是将西方传统视为本源却并不奉为圭臬,通过自由的书写,在交锋与融合中进行重塑。这一讨论在拉丁美洲也成了一个永恒的话题,文人们不断就国家和拉丁美洲的身份认同等问题展开论述,不同国籍的作家往往能够给出不同的见解。

那么，拉丁美洲究竟是什么，又为何如此得名？我们得从殖民时期说起。西班牙帝国凭借侵略扩张的三件法宝（西班牙语、罗马天主教会和法律），赋予了新大陆和而不同的一体性。这三者与殖民时期的教育范式等诸多体系一起，共同构成了拉丁美洲文化的核心，使它与西方牢牢联结。（在一些特定的文学作品如《漫歌》和《百年孤独》中，作家呈现出对拉丁美洲的整体性思考，摆脱了对西班牙帝国或罗马帝国以来天主教普救论的留恋。）各国的独立运动并未粉碎这一整体性，这也正是为什么拉丁美洲纵然有19个不同的西班牙语国家，却始终有一条拉丁美洲的文化脉络和思想及艺术的持续交流联结着拉丁美洲各国及其与西班牙的关系。

至于拉丁美洲的得名，则来自19世纪中叶在墨西哥登陆的一群法国殖民探险者。此时的墨西哥已从西班牙殖民者手中获得独立，而这群法国冒险家正欲鲸吞这块沃土。他们想到，法语和西班牙语同属拉丁语系，试图借此建立起一个可以抵御英语美洲（即美国）的联盟。当然，"拉丁美洲"的叫法在当时并不合理，不仅因为拉丁美洲生活着的大量人群并非欧洲后裔，也因为拉丁语系的发端遥不可及，且并不具有政治含义。类比来说，英语属于日耳曼语系，但没有人会想要称美国人和加拿大人为"日耳曼美洲人"。尽管这一命名方式充满漏洞，"拉丁美洲"依然作为西班牙帝国曾经统治过的这块土地的名称而被沿用下来（当然，也有关于"西语美洲"、"伊比利亚美洲"甚至"印第安美洲"的分歧和争论）。无论如何，现代意义上的"拉丁美洲"大致从"拉丁"

这个词被赋予这片土地的时刻开始形成。因此，我们沿用此称呼并非全错，但也应始终认识到，没有哪个名称是能够完整囊括和定义这片土地、土地上的各个国家或民族群体的实质的。

那么，巴西呢？巴西文学是除美国文学外，美洲大陆第二大繁荣的文学，它与美洲其他国家的文学之间保持着大量断断续续的交流。但巴西文学自成一家，用一种与西班牙语同语系、同语族却不相同的语言进行创作——尽管的确是拉丁美洲文学的一脉重要分支，却并不能被简单划归在西语美洲文学的门类之下。

第二章

诗的步履：从浪漫主义到西语美洲现代主义（从安德烈斯·贝略到鲁文·达里奥）

人类艺术感知力的细微提升，总是最先在诗歌中迸发光芒：19世纪初拉丁美洲文学创作的新风向，便最先体现在诗歌这一体裁中。最初表现出转变的诗人尚未脱离新古典主义风格的影响，这并不利于充分引介这一"新世界"；他们所采用的韵律格式和引喻手法承袭自古希腊和古罗马，依然与18世纪的欧洲诗歌（尤其是西班牙诗歌）一脉相承。

纵观19世纪，拉丁美洲的诗歌一直试图摆脱基于欧洲传统现实和思维模式的语言风格，找到某种真正属于自己的表达方式。这一努力往往与争斗相关，首先是脱离西班牙的战争，然后是与各地区地理和人口特征相适应的国家和大陆政府形式的探索之争。

厄瓜多尔诗人何塞·华金·奥尔梅多（1790—1847）以创作赞颂独立战争的诗篇闻名。他最著名的诗作（定本出版于1826年）赞颂了解放者西蒙·玻利瓦尔及其在秘鲁胡宁区大败西班牙人的光荣事迹。这是一部史诗级的作品，名为《胡宁大捷：玻利瓦尔之歌》。全诗沿用新古典主义的创作手法，时间跨度从前哥伦布时期到胡宁战役，实可谓鸿篇巨制。

这首诗的创作受命于玻利瓦尔本人,附带的条件是"不出现他本人的事迹"——这自然是无法做到的。通过对罗马诗风(特别是维吉尔)的模仿,奥尔梅多聚焦于对解放者英勇形象的书写,他认为玻利瓦尔建立统一新大国"大哥伦比亚"(包括今天的委内瑞拉、巴拿马、哥伦比亚、秘鲁、玻利维亚和智利)的宏大构想,足以与《埃涅阿斯纪》中所歌颂的罗马的建立相媲美。战争的恢宏场面通过响亮的头韵和大量的拟声词得到展现,战争的崇高通过类比西方古典神话得到强化;很显然,作者试图将胡宁大捷这一美洲事件置于西方文明历史的核心位置。然而,迫于现实历史事件的压力,作家在创作中进行了一处最大胆的转折处理。

胡宁战役打响于1824年8月6日,由玻利瓦尔领军指挥。但实际上,真正将西班牙人彻底逐出南美洲大陆的决定性战役——阿亚库乔(秘鲁)战役,发生于同年的12月9日。后一场战役的领袖人物是年轻将领安东尼奥·何塞·德·苏克雷(而非玻利瓦尔),玻利瓦尔当时并不在场。这使奥尔梅多的创作陷入了两难,一方面,他需要将玻利瓦尔塑造成一位绝对英雄;另一方面,歌颂胡宁大捷的诗篇已经完工,而新古典主义的传统要求时间与地点的完美统一。奥尔梅多采用了史诗常用的一种手法,让战士看见印加帝国最后一位统治者瓦伊纳·卡帕克的幻象并听见他的预言:即将到来的阿亚库乔之战,将是赶走西班牙入侵者的最后战役。这段对印加帝国统治者的描述,使奥尔梅多得以用大量笔墨记叙殖民时期的惨痛历史,痛斥西班牙征服者对印第安人的暴行(印第安人的保护者巴托洛梅·德·拉斯卡萨斯神父被剔除在外)。此外,奥尔梅多还想象了一幅玻利瓦尔与印加帝国统治者共同置身天堂的画面。

玻利瓦尔将军是奥尔梅多的第一个批评者。这位解放者对印加帝国统治者的"植入"并不满意,认为对这位人物的冗长描写产生了喧宾夺主的效果。他显然不愿与其他人共享这份无上的荣耀。无论如何,《胡宁大捷:玻利瓦尔之歌》仍不失为一部非凡的现代史诗之作,在新国度建立的重要历史时刻,华丽的基调及风格与建国的宏大主题相得益彰。诗作引经据典,熟练运用倒装的拉丁句式,修辞工整,用词相对晦涩艰深。

这一诗作中的新古典主义风格,还体现在作者对岁月静好、铸剑为犁的渴望之中。当然,奥尔梅多也有不少跳出文体限制、展现独特自我才学的时刻。他写道:人们因贪慕虚荣而建造的纪念碑"被时间嘲笑/时间用它纤美的羽翼,将它们一一摧毁"。诗中还有不少对美洲水果(如罗望子果、菠萝等)的细致描写,它们悦耳的名称和愉悦的感官联想,在美洲大陆并入世界的当口,为整首诗奠定了清新的基调,为现代拉丁美洲文学带来了一个永恒而又明确的主题。

委内瑞拉作家安德烈斯·贝略(1781—1865)是现代拉丁美洲的第一位知识分子和诗人。他广闻博学,同时身为语法学家、哲学家、立法者、研究学者、翻译家、散文家和诗人。他致力于编写西班牙语语法,协助起草智利司法法典,创办智利大学,曾任玻利瓦尔的私人顾问,创办了重要文学期刊《美洲文荟》,并出版了一系列有重大影响力的新古典主义诗作。贝略的创作风格介于启蒙与浪漫主义文学之间。作为玻利瓦尔的副手，他于1810年前往英格兰，在伦敦一直待到1829年。

旅居英格兰期间，贝略成果颇丰，这也是他的写作风格形成的重要时期。在那里，他全身心地投入语言、文学、哲学和法律的学习，开始接触一些早期浪漫主义自然诗，并翻译了拜伦的作品。但最令他心驰神往的，要属新古典主义学派。1829年至1865年间，他居于智利，潜心起草智利法案，创办智利大学并成为第一任校长（直至离世）。与此同时，他与阿根廷流亡作家多明戈·福斯蒂诺·萨米恩托之间展开了一场旷日持久的论战，后者喜用法国浪漫主义手法进行创作，对贝略的新古典主义文风颇有指摘。

从某种意义上来说，安德烈斯·贝略也是浪漫主义的追随者，不过他吸收的是英国浪漫主义流派的精神（尽管他也同时改编过维克多·雨果的作品《为万民祈祷》）。贝略的浪漫主义更多地体现在哲学理念而非文学创作中。在那本令人称赞的新西班牙语语法书中，他强调，西班牙语语法不应死板地模仿拉丁语语法，也不应将西班牙本土使用的西班牙语视作唯一标准。这种以美洲为本的观念展现了贝略的浪漫主义本土情怀，也体现在他于智利大学建成典礼的致辞中。他说，美洲科学应该勇于发出自己的声音，更加注重创新，而非囿于欧洲传统裹足不前；欧洲传统应当被尊重，但绝非原样照抄。

与此同时，贝略倡导从西班牙殖民编年史中汲取养料，提出将拉丁美洲的本土历史追溯至哥伦布时期。这一主动将殖民地文学纳入拉丁美洲传统的做法极具颠覆性和创新性，为各国独立后与

图2 《美洲文荟》首期卷首图(本页)及扉页(下页),该刊由委内瑞拉作家安德烈斯·贝略创办,1826年于伦敦出版

EL

REPERTORIO

AMERICANO.

TOMO PRIMERO.

OCTUBRE DE 1826.

LONDRES:
EN LA LIBRERIA DE BOSSANGE, BARTHÉS I LOWELL,
14, GREAT MARLBOROUGH STREET.

1826

前宗主国之间的关系定下了基调,避免了两者的断裂或冲突。

只是,这一充满革新意味的"美洲精神",在贝略自己的诗歌创作中却几乎完全缺席。他的代表作是他的两首席尔瓦:《致诗神》(1823)和《热带农艺颂》(1826)。席尔瓦采用文艺复兴风格的诗节(即七音节和十一音节交替的自由诗体)写就。作者原计划创作一部以《阿美利加》为名的宏大诗篇,但尚未完成,《致诗神》是其中的一部分。该诗主张摒弃欧洲宫廷文学,转而在美洲本土寻求独创力。《热带农艺颂》是贝略最为重要的席尔瓦诗作,因其迥异的语言风格和创作理念,始终无法与《致诗神》相合并。诗作中,贝略并不着意书写作为神秘与诗意的奇妙源泉的自然界,而是歌颂人们开发美洲自然给社会带来福祉的行为。诗作格律工整,引经据典,令人联想到贺拉斯和维吉尔的创作。贝略的诗作发人深省,说教和劝诫意味较浓。

在这首席尔瓦的部分诗句中,美洲自然的召唤使贝略得以暂时挣脱新古典主义的束缚。与奥尔梅多一样,贝略的笔端畅游于美洲独有的、富有异域气息的水果和植物词汇之中。贝略有时会突破古典主义的韵律规则和修辞技巧。譬如,他用"处于热恋中"来形容炎热地区的太阳;他用迷人的对比修辞手法来描绘自然:"开得最艳的花儿,刺也最锋利。"在以宏大的历史视角叙事时,贝略的诗句同样富有强大的感染力:"伊比利亚的血液已餍腻/阿塔瓦尔帕和蒙特苏马的魂灵已安息。"贝略的诗作展现出其多面手的创作特质,作品多含泛美主义思想。

摆脱新古典主义传统并向浪漫主义诗歌迈出决定性一步的

是古巴诗人何塞·玛利亚·埃雷迪亚（1803—1839），尽管其作品时常披着新古典主义的形式外衣。埃雷迪亚早年成才，孩童时就喜欢研读拉丁美洲文学作品，青年时期开始诗歌创作；20岁前，已经出版了几部颇有影响力的诗集。与奥尔梅多或贝略不同的是，埃雷迪亚的祖国古巴当时尚未独立，但他很早就立场鲜明地站在了西班牙政权的反面。他参与的反殖民活动使他不得不流亡异国——先是美国，然后是墨西哥。在流亡的日子里，他有了名气并完成了大多数的作品；同贝略一样，埃雷迪亚自此成了最先被迫流亡的拉丁美洲作家中的一员，而他们的流亡处境反而成为其写作的重要主题；同时，流亡异国赋予他一种特殊的诗性立场或人格。这与19世纪早期主导西方艺术和文学的浪漫主义的疏离感颇为契合。埃雷迪亚还是一个著名的"激进分子"，作为反叛者被西班牙政府迫害。他后来跻身墨西哥政界高层，但最突出的贡献却不在政治，而在诗歌：他笔下的诗作是现代拉丁美洲时期公认的开荒之作。

同奥尔梅多和贝略一样，埃雷迪亚也曾为玻利瓦尔书写赞歌。在这首赞歌中，埃雷迪亚痛斥了数百年来西班牙殖民统治的暴戾，讴歌了为拉丁美洲带来独立的解放者。他也为乔卢拉宏大的阿兹特克神庙（或称金字塔）创作了一首赞歌，批判古印第安人祭典的残酷仪式，赞扬神庙的宏大精妙，并对其已成为废墟的事实扼腕长叹。

这些诗作保留了埃雷迪亚一贯的新古典主义书写风格和韵律格式，诗作的情感基调独特，彰显出个性化的创作特征。埃雷迪亚的创新之处，恰恰在于诗歌语言与诗歌主题的高度统一：其诗作关注自然，尤其是反映诗性自我不安状态的动荡自然。这种自然不同于华兹华斯笔下轻柔唤起自我反思的自然，而是动荡的自然，它动摇了地球的根基，唤起了恐惧、敬畏的心绪和全知全能的、怒不可遏的神明的幻象。其中最负盛名的一首诗在拉丁美洲家喻户晓，名为《尼亚加拉瀑布颂》(1824)。

《尼亚加拉瀑布颂》因诗人对瀑布激流精妙的动态描写，成为震撼文坛的力作。汹涌的激流激发了诗人的创作灵感，迫使他审视苦痛的内心世界，生发出崇高的美感。面对震人心魄的北部风景，望着瀑布边的松林，诗人胸中涌起一股思乡之情，他以无限的柔情，怀念起自己的祖国古巴：在那里，炽烈的热带阳光下点缀着摇曳的棕榈树。这段追忆构成了诗作最出彩的章节，其中有三句这样写道："迷人的棕榈树/在祖国母亲那炎炎平原/是太阳的孩子，在欢笑，在生长。"埃雷迪亚是拉丁美洲第一位值得大力书写的浪漫主义诗人，从某种意义上来说，甚至可被视作浪漫主义运动中最重要的人物。

在拉丁美洲南部（尤其是阿根廷），浪漫主义以一种相对激进的方式横扫文坛。埃斯特旺·埃切维里亚（1805—1851）向拉丁美洲引入了浪漫主义。他20岁时前往巴黎待了四年；其时，缪塞[①]、拉马丁[②]、大仲马、雨果和其他法国诗人正处于创作高峰期，

[①] 19世纪法国浪漫主义诗人、小说家、剧作家，主要作品有长诗《罗拉》、诗剧《酒杯与嘴唇》等。

[②] 19世纪法国第一位浪漫派抒情诗人、作家、政治家，主要作品有《新沉思集》《诗与宗教的和谐集》等。

他们的作品令他大开眼界。一回到布宜诺斯艾利斯,他便开始以浪漫主义的基调和风格发表诗歌;不仅如此,他还成立了一个推进新运动的文学俱乐部"五月协会"("五月"得名于阿根廷获得独立的月份)。"五月协会"是一个兼负政治使命的文学组织,从事反对胡安·马努埃尔·德·罗萨斯[①]独裁暴政的斗争和文学活动,很快发展壮大,影响力扩大至各省乃至邻国乌拉圭。身为自由主义和前马克思主义社会主义的践行者,埃切维里亚积极投身反独裁运动,后流亡蒙得维的亚,直至去世。

巴黎之旅与余生不懈的政治、文学活动,使得埃切维里亚成为拉丁美洲典型的作家和知识分子,直到今天仍被许多人追随。拉丁美洲其他国家也纷纷成立了自己的"五月协会":作家们(尤其是诗人们)聚在一起交流思想、交换阅读他们正在创作的作品,密谋反抗独裁政权。

埃切维里亚发表的诗作数量不多,但影响力却极为深远。其中,流传最广的一首长篇叙事诗《女俘》,收录在诗集《诗韵集》(1837)中。该诗描述了玛利亚与丈夫伯里安历经阿根廷与印第安土著的战争,出逃潘帕斯草原的故事。战争中,土著居民抱着对白人的复仇心理顽强作战,而白人也以同样的方式与之对峙。伯里安身负重伤,在他弥留之际,玛利亚穿过汹涌激流和烈火草原,漏夜将他带离危险地带。最终,他仍因伤势过重死去,而玛利亚被士兵搭救后,得知儿子已被印第安人杀死,当即倒地而亡。

---

① 阿根廷独裁者。

这对夫妇被埋在一个十字架和一株翁布树下，树长得强壮而结实，象征着他们的英勇行为。该诗颇有奥维德的遗风。

尽管《女俘》的情节有些夸张，甚至有些老套，诗中展现的一些创新之举却不能不提。与贝略、奥尔梅多和埃雷迪亚相比，埃切维里亚摒弃了流行诗作中使用的传统的短诗行和典故。或许更重要的是，诗中描绘了阿根廷的自然环境，包括美洲特有的动植物，它们的俗名来自印第安语言的方言（如"翁布树"）。但诗中最令人叹服的，还要数被潘帕斯无垠草原激起的无尽之感：那是一片无沙的"沙漠"，丰盈的草植延伸至天际。埃切维里亚的浪漫主义情怀在这种找不到方向的宇宙空虚感中得以升华："沙漠/广袤无垠，辽阔无疆/又充满奥义。"

19世纪中叶，文坛出现了一批有志于追随贝略的主张和着力构想"拉丁美洲文学"的诗人、评论家和学者。他们或作为外交官驻守他国，或因自己国家的独裁政权而流亡；他们在巴黎及拉丁美洲其他国家的城市聚集；他们怀揣浪漫主义情怀，多为阿根廷人，其中也不乏秘鲁人、智利人、委内瑞拉人和哥伦比亚人的身影。他们对于彼此文化和政治的认同感，在其结集出版的散文和诗歌中得到充分展现。这些作者来自拉丁美洲国家，但编辑却不是。

哥伦比亚作家何塞·玛利亚·托雷斯·卡塞多（1830—1889）也是一名外交官，同时写作散文和评论，他于19世纪中叶居于巴黎，与那里的拉丁美洲文人相交甚笃，出版了一套名为《拉丁美洲主要作家、历史学家、诗人、知识分子之传记与评论》的丛书。此外，托雷斯·卡塞多在巴黎还办有刊物《海外信使》，刊登拉丁美洲作家的作品。智利人迭戈·巴罗斯·阿拉纳（1830—1907）策划了一套丛书《美洲图书馆：美洲作品拾遗》，计划在巴黎出版16至17世纪的美洲佳作（尽管最终得以出版的只有费尔南多·阿尔瓦雷斯·德·托雷多将军的一部作品《不屈服的普伦》）。

  所有的出版作品中，最杰出的要数阿根廷著名作家胡安·玛利亚·古铁雷斯（1809—1878）的文集《诗意美洲》，作者与埃切维里亚同属布宜诺斯艾利斯文学圈。作品最初发表于作者的流亡地智利的瓦尔帕莱索。《诗意美洲》开篇以贝略的《致诗神》作为解释性引言，彰显了古铁雷斯试图为美洲诗歌建立传统的宏伟雄心。这股浪漫主义潮流在拉丁美洲还感染了多位文坛巨匠，并催生出19世纪最为杰出的浪漫主义诗作：何塞·埃尔南德斯的高乔[①]文学史诗《马丁·菲耶罗》。

  在众多浪漫主义作家中，古巴诗人赫特鲁迪斯·戈麦斯·德·阿韦亚内达（1814—1873）可谓拉丁美洲继17世纪墨西哥女诗人索尔·胡安娜·伊内斯·德·拉·克鲁斯后最杰出的女诗人。戈麦斯·德·阿韦亚内达出生于太子港（今卡马圭省）省会，母亲为古巴人，父亲为西班牙人。她22岁离开古巴，创作高峰期基本都在西班牙。她创作诗歌、小说，剧作也小有名气。戈麦斯·德·阿韦亚内达的个人感情经历颇为丰富，有过两段婚姻、一个非婚生女儿，以及若干情人。或许是由于青年时大量阅读西

---

① 拉丁美洲的一个民族，保留了较多印第安的文化传统。

班牙新古典主义诗作,她的写作风格浪漫而克制。她在西班牙文坛颇有名望,西班牙文坛已将她纳入"西班牙作家"之列,但因身为女性,未能获准进入西班牙皇家语言学院。

她的诗作颇有学院派风格,格律不一,笔法精湛。她于1859年回到古巴,受到知识界和文化圈的热烈欢迎。戈麦斯·德·阿韦亚内达一直将自己视为古巴人,对祖国怀有强烈的热爱,这种热爱在她的作品中表现得淋漓尽致——尤其体现在她于22岁登上驶离古巴的海船时写下的一首十四行诗《在我远行时》(1836)中。她还为埃雷迪亚写过一篇动人的挽歌,表达了古巴对于失去一位伟大爱国诗人的悲恸之情。戈麦斯·德·阿韦亚内达身为西班牙军官的女儿,也嫁给了一名军人,但仍然坚定地支持古巴独立,她还写过一首庄严的十四行诗以歌颂乔治·华盛顿,赞美他是一位伟大的国家解放者。她于1864年再次回到西班牙。

戈麦斯·德·阿韦亚内达的诗作展现出一种与19世纪中叶盛行的浪漫主义不同的、精致细腻的创作风格。她的诗作《献给他》描述了一段单向的恋爱,男方始终没有付出真心,最终选择了分手。尽管对男方有着深深的迷恋,当不得不分开时,她更多表现出了失望而非绝望。戈麦斯·德·阿韦亚内达并非情欲诗人,但确实创作过不少热情洋溢的爱情诗。在《致诗歌》中,她以自己的创作观类比上帝的创世指南,主张通过诗歌向自然赋予美和意义。她的艺术理念倾向于倚重诗歌的力量,与宗教主义或浪漫主义相比,更多地带有新柏拉图主义、泛神论思想的味道,更加世俗化。作者借诗歌歌颂抽象意义的上帝,其动人之处相较于诗中的热情更多地在于对美的描摹。可以说，在19世纪沉闷的西班牙文学圈，戈麦斯·德·阿韦亚内达是一颗耀眼的明星。

何塞·埃尔南德斯（1834—1886）的《马丁·菲耶罗》（1872）在19世纪诗歌中有着独特的地位，这不仅因为它拥有史诗般的分量，而且因为它终于达到了19世纪诗人都在追寻却鲜有人触及的目标：拥有了真正广泛的读者群，成功融入了国家传奇。这首诗拥有一本书的体量，在阿根廷全境狂销十万余本（即使在最偏僻的乡村书店，而这首诗的背景就是乡村，主人公也在乡村游历）。埃尔南德斯把高乔人写活了，这对于一个现代诗人来说着实不易：作者能够惟妙惟肖地模仿高乔人的语言；同时由于从小在各省份耳濡目染，他可以流畅地将行吟诗人巴雅多尔[①]创作的吟诵英勇事迹的民歌融入诗中。埃尔南德斯善于倾听高乔人颇具古风的谈话，诗中很多带有乡土气息的语言源自游牧民族的牛马文化。高乔人是实打实的"马背上"的民族，与美国牛仔类似，但他们更加游牧化，大多居无定所。实际上，他们极为热爱这种自由的生活方式，这也构成了埃尔南德斯诗作的核心及其浪漫主义的本源。

"马丁·菲耶罗"的得名绝非偶成："马丁"源自战神玛尔斯，而"菲耶罗"在古西班牙语中意为"铁"。主人公马丁·菲耶罗性格坚忍，同时情感丰富：他的吟唱像是"一只孤独的小鸟舔舐自己的羽翼"。这首诗警句频出，对土地的爱与恨以及高乔

---

① 潘帕斯草原上牧民中的行吟诗人，不仅是出色的歌手，也是无畏的勇士。

人的日常生活都通过大众化的诗节来表现，使用富含乡村风格的转义比喻和民间词语，但绝不过度渲染感情、深表歉疚或居高说教。菲耶罗的不幸遭遇源自政府：他被强征去与仍控制着阿根廷大片领土的印第安人作战，这使得他在离开后失去了自己的房子、妻子和孩子。他做了逃兵，由于在一场争吵中杀死了一个黑人，又成了一名逃犯。自此，他成了一个典型的浪漫主义意义上的法外之徒，而国家原本是希望他成为一名士兵的。

　　埃尔南德斯笔下这位心怀愤恨的主人公，象征了一个国家传奇想要展现出的阿根廷人的主要特质：独立、英勇和坚忍。埃尔南德斯不仅写就了一部阿根廷国家传奇，为后世文学树立了榜样（豪尔赫·路易斯·博尔赫斯的创作便深受这部作品的影响），而且创造了拉丁美洲第一个文学神话，一部具有强大生命力的不朽之作。在《马丁·菲耶罗》的续篇《马丁·菲耶罗归来》（1879）中，埃尔南德斯让主人公重返家园，以一种劝导者的姿态，投身到国家的构建中。浪漫主义孕育出中世纪欧洲国家早期一座座语言和文学的丰碑（如《熙德之歌》《罗兰之歌》），而埃尔南德斯则赋予了阿根廷和拉丁美洲文学一部属于自己的现代史诗。这部巨著的出版恰好处在拉丁美洲文学即将孕育出第一场文学运动（即西语美洲现代主义运动）之际，20世纪拉丁美洲文学的大门随之缓缓开启。

　　鲁文·达里奥（1867—1916）的《蓝……》于1888年在智利的瓦尔帕莱索发表，是后世公认的西语美洲现代主义的发端之作。达里奥出生于尼加拉瓜的马塔加尔帕，本名菲利克斯·鲁

图3 《马丁·菲耶罗》续篇《马丁·菲耶罗归来》的扉页。此为阿根廷作家何塞·埃尔南德斯于1879年出版的一部关于高乔人的史诗级畅销作品

文·加西亚·萨米恩托。他拥有西班牙、印第安和非洲血统，后沿用父系的名字，改名为更加简短上口、为后来读者所熟知的"鲁文·达里奥"。他在尼加拉瓜的雷昂市长大，这座城市在政治和文化上都相当活跃。达里奥在童年和少年时期接受了良好的文化教育，对法国诗歌颇为着迷。他大量阅读，对西班牙诗歌几乎所有类型的格律和韵脚如数家珍。他或可被称为"西班牙语诗界的莫扎特"：在一生的创作中，他使用过37种不同的格律和136种诗节形式，其中不乏他的诸多独创。在当地报纸上发表诗作后，他搬往智利寻求更好的创作机会。

达里奥的诗歌在西班牙语世界流传极广，这首先得益于宗主国西班牙在拉丁美洲强制推行统一的文化和语言，其次要感谢传播技术的迅猛发展。这一切取代了帝国官僚体制强制推行的秩序。19世纪，蒸汽动力与印刷机的结合使古腾堡的活版印刷术得到大规模应用，大批量印刷第一次成为现实。蒸汽船载着书籍和作家远渡重洋，使得任何一场文学运动的影响力能够即刻广泛辐射。这些蒸汽船使得19世纪50年代拉丁美洲作家和知识分子在巴黎的聚会成为现实。大西洋下的海底电缆向全世界的报纸传递着要闻。住在纽约或巴黎的诗人能够在阿根廷布宜诺斯艾利斯的《国家报》或智利圣地亚哥的《信使报》上刊登作品。由此，达里奥的声名随着他的世界之旅迅速传遍整个拉丁美洲和西班牙。他成为第一位西班牙语文学名人，他的影响不仅波及其他拉丁美洲国家，而且传到了西班牙，达里奥本人也在西班牙生活了数年。作为一名高产作家，达里奥有着独特的个人魅力；而他对奢华颓废的生活的向往，以及与政客（其中不乏一些小独裁者）的相交甚笃，又多少令他的仰慕者失望不已。

《蓝……》是一本仅有134页的小册子，最初只在地下印刷，而后一举成为横跨大西洋两端的西班牙语文学史上具有划时代意义的作品。作品最初收到的评价不高，甚至受到攻击：西班牙大思想家和诗人米盖尔·德·乌纳穆诺[①]讽刺作者的印第安出身，称"从达里奥的帽子里探出一根羽毛"；而西班牙历史上最负盛名的评论家和学者马塞利诺·梅嫩德斯·伊·佩拉约则选择在19世纪80年代达里奥和西语美洲现代主义运动崭露头角之时，停止编纂手中的拉丁美洲诗歌史（第一部出版于1893年）。尽管如此，这位勇敢的尼加拉瓜诗人毅然决定将作品寄给西班牙最权威的作家和评论家胡安·巴莱拉[②]。巴莱拉利用身为作家、评论家及西班牙皇家语言学院成员的影响力，亲笔给达里奥回了两封信（后被作为前言收入后来版本的《蓝……》中），为其写作生涯鼓劲助力。尽管对达里奥喜爱法国诗人颇有微词，巴莱拉依然肯定了他的创作天分，并预言了他的光明前程。

《蓝……》将诗作与散文（短篇故事）巧妙结合，精心雕琢出一个神话般的永恒世界，仙女、公主和艺术家在这里追寻美学理想，对美的憧憬将失落的统一与和谐还给世界。这是艺术的最高使命，达里奥对此怀有宗教般虔诚的热情。《蓝……》中的艺术家

[①] 西班牙文坛领袖，"98年一代"作家群的核心人物，代表作有《生命的悲剧意识》《迷雾》等。
[②] 西班牙19世纪著名作家、文学评论家、政治家，代表作有《贝比塔·希梅纳斯》《高个子姑娘小胡安娜》等。

的诉求频频被一群愚钝无知、缺乏品位的贵族挫败。达里奥的作品里常常出现一道理想与现实间的鸿沟，略带忧伤的氛围构成作品的底色。达里奥的诗作与散文用词考究，语言精致、新颖，将精妙的诗作提升至一种不可思议的完美境界。但在完美之外，字里行间也流露出一种憧憬、思忖，甚至自我怀疑。这也是为什么达里奥选用"天鹅"这一意象作为其美学象征的原因：它们的造型和白色的羽毛彰显了艺术的纯洁，弯曲的颈项好似一枚愁闷的问号。达里奥大量借鉴了古典神话和前哥伦布时期的神话，整个西方历史与文化流淌在他的笔端。

创作期间，达里奥逐渐摆脱了西班牙式浪漫主义（乃至一切意义上的浪漫主义）；它往往多愁善感、辞藻华丽却陈腐老套，以情感压制美的传达。西语美洲现代主义试图用美的形式来终结浪漫主义诗歌中热烈奔放的情感。它的"现代性"体现在：个人悲伤的展现须得服从诗歌语言的力量，这也与19世纪下半叶崇尚科学和技术、压制自然力量的社会风气相吻合。即便在达里奥最广为传颂、争相品评和谐仿的名作《小奏鸣曲》中，也能读到这样的句子："公主很忧伤，她究竟怎么了？/叹息从她那草莓般的嘴唇中吐出/那嘴唇失去了笑，也失去了颜色。"叹息——公主发自肺腑的情感——从草莓色的嘴唇中轻吐。"草莓般的嘴唇"是一个巧妙且惊人的转折，将读者的注意力集中于嘴唇的形态和颜色，而非叹息的根源和内容。我们不再关心公主的心事究竟为何，而是转而着力欣赏她那发出叹息的草莓色红唇的美。作者渴望将整首诗打造成一场音乐的盛典（从诗题《小奏鸣曲》中即可窥见),诗作中关于嘴唇的比喻,将语言和意义的源头,转变为对颜色和味道的展现;而达里奥又以其精湛的表达技巧,使得这一转变在不知不觉中悄然发生。

达里奥的诗歌创作生涯历经两个阶段。第一阶段被称为"美学的达里奥";而在第二阶段,达里奥转向了自己的反面,作品多注重反思,学界称之为"深刻的达里奥"。据达里奥的早期读者群考证,两个阶段的关键转折点在其1905年的作品《生命与希望之歌》的开篇:"我是这样的诗人:刚刚写过……"《生命与希望之歌》中自我批判的立场,使得"两个达里奥"初现雏形:一个醉心于空洞辞藻的堆砌,另一个为个人的、诗歌的、政治的焦虑感所包围。实际上,"两个达里奥"殊途同归,乃是以不同的创作手法表达同样的情感。一个崭新的达里奥出现在其晚期的诗作中,诗歌中的政治意味更加浓厚,彰显出他认为自己拥有为西班牙语世界发声的文坛声望。

1898年,美西战争打响,达里奥和西语美洲现代主义的诗歌理念开始相互靠近。古巴、波多黎各等国相继从没落的西班牙帝国中获得独立,包括达里奥在内的拉丁美洲人为之欢欣鼓舞,但同时也敏锐地为美国这一新兴大国的崛起感到焦灼。在达里奥和现代主义者看来,西班牙语世界在美国的扩张之下竟毫无还手之力,这不仅体现在政治上,而且体现在文化上。承袭自罗马文化和宗教信仰的天主教国家,竟不敌年轻的盎格鲁-撒克逊民族与新教力量构成的殖民势力;与前者的文化完全不同,后者讲求实用主义,注重物质发展。达里奥在一首激昂的颂歌《致罗斯福》

中，代表**仍然**向耶稣祈祷的和说西班牙语的美洲，表达出了这些忧虑。"仍然"一词表达出诗人对拉丁美洲未来的担忧。诗中，达里奥将美国称作"未来的侵略者"，实际上在那段时间，美国已多次入侵墨西哥。

另一个在1895年古巴独立战争——三年后演变为美西战争——中起到重要作用的西语美洲现代主义诗人是何塞·马蒂（1853—1895）。他出生于哈瓦那，父母都是西班牙人，早年就感受到了祖国独立事业的召唤。十几岁的年纪，他就因从事地下活动被强制劳动，随后被流放至西班牙。在那里，他继续坚持独立斗争，开始创作诗歌，并获得了法学学位。何塞·马蒂不仅是深受古巴人民爱戴的爱国者和革命家，而且是多产的记者、演说家和诗人，他不断在拉丁美洲各国游历、发表演说和创作文字，他的名声传遍了整个拉丁美洲。他定居纽约，组织安顿了许多来自古巴的流亡者和1868年至1878年间独立战争失败后退伍的老兵。1895年早春，他成功地在古巴东部安插了一支武装党派力量。5月19日，在多什里奥斯发生的一场小规模武装冲突中，他被多发子弹击中。何塞·马蒂像拜伦这样的浪漫主义诗人一样为事业而献身，因此成为拉丁美洲革命者，尤其是作家和知识分子中的典范。他去世时年仅42岁，却留下大量传世佳作，以演说、散文、新闻报道（部分为英文）、编年史和诗歌为主。

由于全身心投入政治运动，英年早逝的何塞·马蒂生前只出版了两本较薄的诗集——《伊斯马埃利约》（1882）和《纯朴的诗篇》（1891），但这两部作品足以使他蜚声诗坛：纽约和整个拉丁美洲的期刊都曾登载。《伊斯马埃利约》是一部充满柔情的诗集，讲述了马蒂分居的妻子带着儿子重返古巴的故事，包含了一些展现诗人情感与渴望的佳作。而《纯朴的诗篇》由貌似简朴的四行诗写就，读来颇有西班牙传统谣曲的遗风，成为马蒂当之无愧的代表作品。在其身后出版的两部作品集中，《自由的诗篇》更为大胆成熟，其中一些诗歌（如《大城之爱》）读来竟有20世纪先锋派之风。在纽约，马蒂接触到了一个现代化大都市。他用英文阅读爱伦·坡和惠特曼（并将他们写进自己的作品中）的作品，认为他们摆脱了西班牙语和法语诗诗体及修辞学的束缚。《自由的诗篇》直至1913年才于古巴出版，与《伊斯马埃利约》和《纯朴的诗篇》共同结集，发行量也许有限。

以鲁文·达里奥、何塞·马蒂为代表的西语美洲现代主义，在整个拉丁美洲和西班牙培育了大量诗人。他们多数渴望成为下一个达里奥，其中不乏颇具独创精神、实力足以与主流大师比肩的作家；并且，各国都出现了本国的现代主义大师。另一位古巴作家胡利安·德尔·卡萨尔（1863—1893）在其短暂的一生中创作了令人赞叹的诗歌和散文。他积极效法法国"被放逐的诗人"（尤其是波德莱尔），文风与达里奥的相比更加颓废。他渴望去往巴黎，但最终只走到了马德里。他的《雪》（1892）和《半身像与诗韵》（1893）包含了极富美感的诗作，令人联想到寒冷环境下的油画和雕像，与古巴的气候形成强烈反差，仿佛存在于独立的氛围中。卡萨尔的诗基调阴郁，正如他自己所形容的，宛如一座"癫狂的冰川之国"。

与马蒂和卡萨尔一样,哥伦比亚诗人何塞·亚松森·席尔瓦(1865—1896)同样英年早逝。他是爱伦·坡的追随者,独辟蹊径地尝试用自由体和非传统的格律写作。最负盛名的代表作《夜曲》充满了黑色的忧愁,诗句长短交错,韵律自由,读来有一种快快慢慢、呜呜咽咽之感。席尔瓦擅于使用留白的技巧,营造出一种使人想起音乐的忧郁美感。尽管留世作品不多,但席尔瓦足以被列入西语美洲现代主义代表诗人的阵营。

贝略的现代性在于他有意奠定全新的写作传统,开启美洲诗歌语言,甚至美洲西语创作的新范式:这种写作范式根植于历史,却反映和表达了全新的现实主张。尽管依然与新古典主义紧密相连,他以体例各异、野心勃勃的诗歌创作,记述了知识和政治发展的全新进程。

以达里奥为代表的西语美洲现代主义创作,是19世纪下半叶拉丁美洲科学和工业发展新现实下的产物,此时贝略所歌颂的农业主导下的自然已被全新的、影响力深远的科技所开发,殖民时期拉丁美洲的传统和习俗正不断受到欧洲和美国资本主义风暴的冲击。美西战争的结果标志了这一转变。达里奥及其众多追随者试图在诗中以美的创造和思考以及唯心论来反对利润导向、实用主义和必然性。《灾难》收录于1905年出版的《生命与希望之歌》中,达里奥在其中针对科学实证主义的极端自信与商业和政治中的一意孤行给出了自己的答案:"活着,时刻求知若渴,虚心若愚。"这段颇具20世纪风格的言论,既降低了现代性的确定性,也推开了通往现代性的大门。

第三章

19世纪的散文：揭开拉丁美洲的神秘面纱

在总督区，尽管诗歌较为盛行，记录了发现和征服的纪事文学仍然以其数量、规模和影响力主导着殖民地文学的全貌。然而纵观19世纪，在拉丁美洲启蒙运动中独占鳌头的文学体裁还要数描写和分析性的散文，即使它会以短篇或长篇小说的形式出现。比起诗歌，散文更易描述政治发展，而整个19世纪正是拉丁美洲各国纷纷寻求独立的时期。政治书写正是一项重要的尝试，其中包括关于创立新制度的论战、书信，甚至是宪法的起草及其他法律法规的制定，这种书写对新大陆后来的文学创作走向影响颇深。

影响拉丁美洲文学的另一种创作模式，得益于新兴的社会科学——社会学、犯罪学，尤其是人类学。拉丁美洲的社会科学常常参考了许多欧洲科学旅行者的著作，他们往来于拉丁美洲，用大量篇幅对拉丁美洲的动植物、地理环境和人口结构进行了细致的描绘。其中最著名的是亚历山大·冯·洪堡，他对新国度的发展起到了举足轻重的作用。19世纪拉丁美洲的文学作品很难用一般意义上的方法加以区分，政治宣言、社会学小册子、人类学研究、公共演讲、随笔、报刊纪事和社会速写等应有尽有，不一而足。

叙事文学（甚至小说）是特定时期历史的缩影，这同时也促使作家回归对本源的探索：我们栖居的世界，究竟是从何时开始的？在殖民纪事文学中，人们普遍将地理大发现视作基督诞生后西方历史中最为重要的转折点。巴托洛梅·德·拉斯卡萨斯神父持相似观点，他认为，阿兹特克人和印加人在人类历史进程中与罗马人地位相当。这一观点为印加作家加尔西拉索·德·拉·维加所效仿，在其著作《王家评述》中他提到，库斯科和墨西哥城与罗马是如此相像，它们是伟大文明的中心，与欧洲的差别仅仅在于基督教的缺位。到了19世纪，科学家已经通过化石的发现和研究证明，时间可以无限追溯至宇宙起源，这使得历史有了更久远的过去。在各国纷纷独立、打开全新政治格局的背景下，美洲的历史须得用一种全新的方式去书写。

贝略的学生之一，解放者西蒙·玻利瓦尔（委内瑞拉人，1783—1830）站在构想美洲国家未来的高度，率先进行了本土文化身份的反思与重构。他发表了著名信件《牙买加来信》（1815）。其时，这位解放者在圣玛尔塔围城行动遭到反对后被迫前往牙买加避难，在那里，他向"岛国的绅士"（很可能即英国统治者）写就了这篇长信，采用了传统的正式书信的形式。这种巧妙的形式使得他仿佛在与一位有修养的收信人"对话"，他从根本上论述了拉丁美洲的现状与未来。他说明了拉丁美洲独立战争的正确性，声讨了君主制、联邦制和所谓民主，表明了关于建立一个大哥伦比亚共和国的计划，其中包括新格拉纳达（今哥伦比亚）和委内瑞拉。他想要建立一个大国，并定都巴拿马地峡；鉴于地峡优越的地理位置（横跨大西洋和太平洋），他甚至遥想了其最终成为世界中心的可能性。

玻利瓦尔提到的一系列内容，展现出一种与贝略类似的、新古典主义教育和浪漫主义倾向的融合。他提到或引用拉斯卡萨斯神父、亚历山大·冯·洪堡、卢梭、孟德斯鸠和圣比埃[①]，对法国启蒙运动思想家提出的各种国家形式都有思考。然而，玻利瓦尔同时宣称，这些代议制的政府形式对于刚刚摆脱西班牙帝国殖民枷锁的拉丁美洲而言或许并不合适，殖民的毒瘤就像"黑色传奇"[②]的阴影一般难以驱散。关于崛起中的拉丁美洲，玻利瓦尔有一段最常为后人引用的论述，其中着力强调了拉丁美洲在历史、地理和自然方面的独特性：

> 我们是人类种族中的一个小分支。我们有一个独立的世界，为大洋所包围；我们在艺术和科学方面几乎从零开始；在公民社会的运转中较为落后。我看着美洲的现状，就像看着刚刚解体的罗马帝国，每个新国度都依照自己的政治理念或遵循领导者、家族或集团的理念，开创新的政治制度。但有一点不同：那些从罗马帝国分离出来的国家，在旧有的制度上直接加入新时代的要求，而我们几乎没有任何过去可以参考——我们既非印第安人，也非欧洲人，而是由土地合

[①] 法国作家、植物学家。
[②] 16世纪中叶后，西班牙成为欧洲最强大的国家，开始把矛头转向新教，西班牙宗教裁判所成了对付异教徒最尖锐的爪牙。在此背景下，无数新教作家前仆后继，用他们手中的笔描绘出极尽邪恶残忍的西班牙宗教裁判所，称其为"黑色传奇"。

法拥有者和西班牙殖民者共同组成的中间民族。

玻利瓦尔点明的这种身份困扰，也成了多数拉丁美洲文学的新起点：如何用不同的方式将欧洲人的积淀用于自身，如何平衡拉丁美洲的现实与欧洲的思维方式（前者由后者中挣脱，甚至与后者相冲突），以及如何将这些关注诉诸笔端。

"文明"（欧洲）与"野蛮"（美洲）的交锋，将成为这一时期拉丁美洲文学论战的核心。走在最前面的是作家多明戈·福斯蒂诺·萨米恩托。同玻利瓦尔一样，他不是旁观者，而是新世界构建事业的热心参与者。而另一些作家，如何塞·马蒂和何塞·恩里克·罗多（1872—1917），将继续这场论战，并将其延伸至小说，甚至诗歌创作中（比如埃斯特旺·埃切维里亚选择用长篇叙事诗《女俘》进行阐释）。

如何更好地用文字展现拉丁美洲现实的独特性这一重大问题，自此主导了拉丁美洲文学；文坛刮起一股现实主义风潮，这就需要作家对地理、文化和人口背景的描述尽量精准和翔实。科学研究笔记的丰富、社会科学研究方法的兴起、文学和艺术中现实主义修辞手法与创作技巧的日臻成熟，使这一切成为可能。现实主义的一个重要分支**风俗主义**将风靡拉丁美洲，正是因为该流派将描绘和展现民风及民俗（尤其是城市边缘人群的生活状态）视为第一要义。

风俗主义源于对普通人及自然方方面面的浪漫主义兴趣和现实主义传统的结合，这一现实主义传统可追溯到西班牙作家塞

图4 西蒙·玻利瓦尔的青铜像,委内瑞拉首都加拉加斯

万提斯。风俗主义倾向于使用短小精辟的描述性文字,这一技巧也被称作"风俗油画";新闻报刊业的发展也推动了风俗主义的盛行。"风俗油画"这一别称阐明了风俗主义与油画的相似性,主张"以文字作画"。"风俗"即文化习俗,因此风俗主义关注传统习惯和民间活动,作品中常有对民间手艺和贸易活动的描写。这些风俗因具有地方特色而被大肆描摹;书中人物常常为农民、工人或居住在城市贫穷区域的普通人;而作者或目标读者群体则来自社会中上层,即中产阶层或更高阶层。

风俗主义作品的主人公往往形象很多彩(有时他们就是"有色人种"),他们的行为及活动的背景非常生动。风俗主义作家不仅将目光聚焦在人物的行动上，更着意描写人物的穿着打扮、劳作工具、家畜牲口，以及他们的世界中其他的特有物件。风俗主义就像是现实世界的翔实描摹画和原始民族志。

19世纪，尽管并非所有拉丁美洲作家都以风俗主义手法进行创作，这场文学运动的基本信条却主导了散文小说以及阐释新国家的社会和自然特征的文字创作。在这一时期的一些重要作品（无论是短篇小说还是长篇文体）中，散文小说与风俗主义速写很难区分。但实际上，这一文学手法有利有弊。很多19世纪的拉丁美洲小说中描写的成分过多，这一习惯一直延续至20世纪；另有不少描述性作品中过多地加入了作者认为有趣的奇闻逸事。实际上，在这些冗赘描写的背后，蕴藏着拉丁美洲作家和玻利瓦尔同样的担忧：他们处在这样复杂而奇特的情形下，必须坚持向目标读者和他们自己解释这里发生的一切。

在这样的背景之下，诞生了被誉为"拉丁美洲第一部长篇小说"的重要作品——《癞皮鹦鹉》（1816）。墨西哥作家何塞·华金·费尔南德斯·德·利萨迪（1776—1827）写了不少小册子，同时创作了少量诗歌。他在西班牙流浪汉小说中，找到了可以用来表现和讽刺墨西哥社会的工具。塞万提斯的作品和马特奥·阿莱曼的《古斯曼·德·阿尔法拉切的生平》都通过现实的镜头讲述了年轻、贫穷的主人公如何侍奉多位主人的苦难故事；由此，利萨迪能够在刻画主人公的同时，描绘一幅群像。《癞皮鹦鹉》以第一人称叙述，展现了当时社会的道德景象和主人公受批判的生活；主人公品质恶劣，意志薄弱，易受到坏影响。小说中训诚性的语言随处可见,多有导人向善的教诲,对主人公的塑造反映出卢梭式的教导。这是一部遵循启蒙运动思想的作品,由此顺应了墨西哥独立的意识潮流——尽管作者本人并非启蒙运动的追随者。

在阿根廷,风俗主义获得了更大的成功。第一部风俗主义小说是埃斯特旺·埃切维里亚创作的《屠场》,这也是19世纪拉丁美洲最出色的小说作品之一。《屠场》创作于1838年前后,批判了独裁者胡安·马努埃尔·德·罗萨斯——可惜的是,作品并未在埃切维里亚生前出版。这部短篇小说结构紧凑,内容涉及广泛,讲述了布宜诺斯艾利斯一处屠场中一群恶棍(罗萨斯分子)残忍杀害一位反对派青年的经过。风俗主义元素体现在对屠场血腥恐怖的屠杀行为,以及暗杀团在整座城市的文化和经济中所扮演角色的详细描述中。《屠场》以其出色的描绘文字,成为拉丁美洲政治隐喻作品中的经典。全书最具冲击力的画面,是反对派青年被屠宰的场景:作者模仿屠场屠宰牲口的场面,营造出一种仿若远古祭祀的宗教仪式氛围。屠宰似乎激发了人类的原始兽性,作者借此讽喻了在罗萨斯及其爪牙统治下的阿根廷。

在罗萨斯的独裁统治下,阿根廷另一位重要作家多明戈·福斯蒂诺·萨米恩托(1811—1888)写就了拉丁美洲文学史上最重要的作品《胡安·法昆多·基罗加:文明还是野蛮》(1845)。这部作品深入讨论了"文明与野蛮的斗争",这对矛盾最先由玻利瓦尔提出,是拉丁美洲文化的核心。这部作品常被称为《法昆多》,涵盖了多种文体形式,以反对罗萨斯独裁统治的战斗檄文开篇。写作时，作者萨米恩托正流亡智利。他意图创作一本关于法昆多·基罗加的传记：这位封建军阀以异常残忍野蛮的手段，一路从一个高乔平民爬到了里奥哈省统治者的高位。萨米恩托意欲借此彰显罗萨斯独裁统治的根源在于潘帕斯草原的野蛮状态：布宜诺斯艾利斯的构建完全以欧洲大都会为模板，潘帕斯草原的野蛮状态不可避免地受到首都城市文明的约束。通过研究法昆多的人物形象，可以发现这一阿根廷人物自潘帕斯草原生活沿袭的野蛮本性，这是萨米恩托作品的核心，也是作品中所运用的方法。

尽管早年通过阅读欧洲文学奠定了理性主义的思维模式，萨米恩托依然富有强烈的浪漫主义情怀。《法昆多》极富柔情又广泛而细致地描摹了阿根廷潘帕斯草原和乡村的景观，聚焦于高乔

图5 高乔人的聚会，1890—1923年前后

人方方面面的文化风俗：从对马匹和骑术的热爱，到对困难和痛苦的隐忍与冷漠；从百折不挠的勇气，到使用套索和刀枪的娴熟技艺；从对广袤大陆细致入微的了解和在荒漠地区熟辨方向的惊人本领，到行吟诗人的艺术倾向。萨米恩托选择通过一个个高乔人来分别展现这些特征，详细阐述，并在行文中穿插引人入胜的故事。

书中描写了令人难忘的拓荒者、行吟诗人、地情向导（能从潘帕斯草原的一草一木中判别方向）、探路者（能够追踪逃亡的人或马、牛等牲口，从最细微的线索中捕获信息），以及那些在草原上培养了一种荒野生存的本能、足以应对随时到来的变数的人。这是萨米恩托试图通过迷人且繁复的细节来描绘的终极主题：一个从潘帕斯草原生长起来，并怡然自得的高乔人的社会。换句话说，萨米恩托热爱他理应鄙夷的东西：野蛮主义。

这种文明与野蛮的冲突，成为《法昆多》讨论的核心，也是它如此迷人的原因之一。小说的另一个亮点是对主人公的人物塑造和刻画。萨米恩托借诸多逸事来展现法昆多的残暴，但最后，这位考迪罗成了一个悲剧的象征——不仅因为他被大独裁者罗萨斯背叛并杀害，而且因为他明知自己将在雅科峡谷被伏击，却不愿取消行程或更改出行的路线。和所有的悲剧人物一样，法昆多选择毅然决然地迎接他的命运。自此，他成了一个传奇人物，撑起了整部作品。萨米恩托通过展现普通高乔人的智慧、技能、勇气以及倾尽一生向文明社会靠拢的努力，把对他们生活的描写提升到文学的高度。与玻利瓦尔不同，萨米恩托对文明与野蛮的对抗并未给出非黑即白的结论：他只负责陈述问题，展现阿根廷（乃至拉丁美洲）发展的辩证过程。这部小说一出版便引发了社会热议，成为文学史上一部无法绕开的作品，就连最尖刻的评论家也被其扣人心弦的情节铺陈所吸引。

同玻利瓦尔一样，萨米恩托致力于社会的发展。他是一名教育家（与贝略相仿），大力推进了阿根廷的公共教育，并位至阿根廷总统。此外，他与另一位阿根廷知识分子、诗人、军官、贺拉斯与但丁的译者巴托洛梅·米特雷（1821—1906，也曾任阿根廷总统）共同奠定了拉丁美洲的建国传统，并影响至今。由此，萨米恩托致力于将阿根廷建立为一个欧洲化的国家，以此为目标来实施政策，但他所采取的种族主义政策使他在历史上毁誉参半。无论如何，对抗印第安民族、努力使阿根廷现代化的主张，早已超越了萨米恩托本人；无论我们现在怎么看，它们塑造了我们今天所见的阿根廷。

我们无法简单地将萨米恩托视为一个亲文明（欧洲人、白人）、贬野蛮（非欧洲人、"有色人种"）的作家；实际上，在阿根廷的"欧化"扮相下，萨米恩托依然对高乔文化的内核充满自豪。在加勒比地区，萨米恩托所面临的情形有所不同，高乔人和印第安人变成了非洲奴隶及其后代，在建国进程中他们制造了冲突。不同地区的历史差异非常明显：非洲奴隶并不像印第安人或高乔人那样生活在自己的国土上；由于蔗糖业的发展，奴隶在加勒比地区数量庞大；此外，加勒比地区当时仍处在西班牙帝国的殖民统治下，并未获得独立。

尽管如此，情形仍有着诸多相似之处：将文化完全不同的民族融入基于西方思想而建立的公民社会中。非洲奴隶背井离乡，被以一种极其野蛮的方式带到这片新土地上，而且种族繁多，从前的文化几乎被摧毁殆尽，重建需要在不熟悉的环境中从零开始。由于国际市场的需求，蔗糖生产工作繁重异常；机器的普及加速了生产过程，工作环境变得更为严苛，克里奥尔人①要求从西班牙独立的呼声也越来越高——尤其在古巴，事态不断升级。

很快，争取独立和奴隶解放成为知识分子、艺术家和其他许多人的共同事业，催生出19世纪上半叶古巴文学的新面貌。与在阿根廷和其他拉丁美洲国家的情形类似，风俗主义的创作手法开始在散文中盛行，并很快确立了废除奴隶制的主题，黑人与穆拉托人②成为更有野心的文学作品的主人公，其中包含了风俗主义速写，以及后来的成熟的小说创作。具有反叛精神的政治和文学团体，聚集在委内瑞拉作家、文化运动发起者多明戈·德尔·蒙特于哈瓦那的一处宅邸，与阿根廷的"五月协会"类似。

这批知识分子与阿根廷人一样心怀浪漫主义，他们在黑奴身上看到了文学创作所需要的"社会弃儿"的原型，将黑人和穆拉托人（其中不乏"有色中产阶级"）作为风俗主义描摹和小说创作的迷人主题。其中，安塞尔莫·苏亚雷斯·伊·罗梅罗（1818—1878）以短小精悍的文字和细节描摹出蔗糖工坊中黑奴

---

① 指出生于美洲而双亲是西班牙人的白种人，以区别于出生于西班牙而后迁往美洲的移民。

② 指黑人及白人的混血人种。

恶劣的生存环境和被残忍压榨的场景，从中可以看到早期民族志的影子。

苏亚雷斯·伊·罗梅罗有一部非常重要的小说，名为《弗朗西斯科》。这部小说写于1838年，但直到1880年才得以出版。小说对奴隶制予以了无情的抨击。小说讲述了奴隶弗朗西斯科在哈瓦那城的不幸遭遇，他在寡妇门迪萨瓦尔家做工，爱上了另一户人家的奴隶多罗泰娅。然而，多罗泰娅早已被寡妇门迪萨瓦尔的儿子里卡尔多看上，后者是个残忍而轻浮的花花公子。《弗朗西斯科》结构紧凑，情节环环相扣，对蔗糖工坊里奴隶及其白人奴隶主的生活描写得尖锐、详尽，读来意味深长。

这部作品堪称风俗主义写作的范本，蕴含深刻的政治批判意义，可与埃切维里亚的《屠场》相媲美。除了苏亚雷斯·伊·罗梅罗的《弗朗西斯科》，还有一部题材和情节相近的佳作名为《萨夫》（1841），作者为赫特鲁迪斯·戈麦斯·德·阿韦亚内达。戈麦斯·德·阿韦亚内达写作技巧娴熟，其另一部小说《海员艺术家》（1861）讲述了法国一名年轻艺术家通过绘制一幅古巴风景画，向父亲争取心上人的浪漫故事。他的父亲是法国马赛的一名商人，曾因商业原因在古巴小住，自此爱上了这一岛国。这部作品比《萨夫》更具价值，因其反奴主题吸引了更多的关注。

相较于另一位古巴作家西里洛·比利亚维尔德（1812—1894）及其作品《塞西丽娅·巴尔德斯》（1882），苏亚雷斯·伊·罗梅罗和戈麦斯·德·阿韦亚内达都要相形失色。比利亚维尔德一生拥护古巴独立，曾流亡美国多年，几乎将毕生精力倾注于《塞西丽娅·巴尔德斯》的创作中。这是一部宏大丰富的小说，在20世纪被改编成音乐剧，主人公也成为全古巴人民的偶像及民族主义的象征。女主角塞西丽娅的美貌，引发了一系列戏剧冲突：她是一位浅色皮肤的穆拉托人，富有的年轻白人莱昂纳多·德甘博对她穷追不舍。从这里可以看到灰姑娘式的桥段，但整部小说所要展现的主题显然要深刻复杂得多，结局也并不完满。

塞西丽娅和莱昂纳多·德甘博却不知道他们实为同父异母的兄妹。她是堂坎迪多的私生女，而堂坎迪多是莱昂纳多的父亲，一座蔗糖工坊的主人，同时也从事奴隶贸易等生意。"乱伦"是《塞西丽娅·巴尔德斯》的一大核心主题：莱昂纳多的胞妹之一阿黛拉几乎是塞西丽娅的翻版，莱昂纳多似乎也在与她周旋。与此同时，莱昂纳多的母亲堂娜·罗莎过于溺爱自己的儿子，给他大量的金钱和礼物供他挥霍与玩弄女人；她其实并不希望看到儿子成婚。莱昂纳多冷漠地与社会地位相当的年轻白人女性伊莎贝尔·依林切达订婚，却仍然与塞西丽娅保持着热切的关系。同时爱上塞西丽娅的还有穆拉托人何塞·多罗拉·皮缅塔，他同时也是音乐家和裁缝。他了解塞西丽娅的种族出身，认为相较于莱昂纳多，自己与她更为相配。冲突在莱昂纳多和伊莎贝尔的婚礼上达到高潮，皮缅塔冲向新郎并把他杀死；而塞西丽娅已为莱昂纳多诞下一女，在医院中饱受精神折磨。

比利亚维尔德细致生动地展现了古巴社会的各个阶层：从白人、贵族精英到哈瓦那和蔗糖工坊里的奴隶。这些是《塞西丽娅·巴尔德斯》的故事背景。在古巴首都，书里描绘的所有细节都有迹可循：有富人的豪华舞会、新兴"有色中产阶级"的舞会（奴隶是无法进入的），还有贫民窟内的场景（非法和暴力行为中包含犯罪）。作者对社会各阶层人物的讽刺性刻画，成为整部小说最独特的闪光点之一。同时，比利亚维尔德在细腻而真实的政治环境中表现出所有人物之间的冲突。西班牙殖民者之间的冲突显而易见，而殖民者和当地渴望独立的克里奥尔人之间的冲突实为更甚。堂坎迪多与在古巴出生的儿子莱昂纳多之间的关系，极为戏剧化地展现了白人精英阶层之间的政治斗争。

奴隶制的蔓延加速了政治危机的到来。堂坎迪多直接从非洲贩运奴隶，置西班牙和英国间的贩奴禁令于不顾。在古巴，奴隶制是合法的，并且是蔗糖业发展不可或缺的支柱。很多古巴知识分子、艺术家和作家都极力反对奴隶制，同时主张国家独立。这一一触即发的冲突可以说是《塞西丽娅·巴尔德斯》的核心。情色冲突、社会冲突与政治冲突相互勾连，使这部作品成为19世纪现实主义的不朽之作。

19世纪也不乏其他一些经典又传统的拉丁美洲小说，比如阿根廷作家何塞·马莫尔（1817—1871）的《阿玛利亚》（1851—1855）和哥伦比亚作家霍尔赫·伊萨克斯（1837—1895）的《玛利亚》（1867）。这些作品与《塞西丽娅·巴尔德斯》相比，仍稍显逊色，但也是经得起时间考验的佳作。秘鲁作家科洛林达·马托·德·图内尔（1854—1909）的《没有窝的鸟》（1889）是一部立意深刻的作品（与《塞西丽娅·巴尔德斯》的主题相似），开启了现代文学和意识形态的风潮。伊萨克斯的《玛利亚》乍看之下似乎是将法国作家夏多布里昂的《阿拉达》放入了美洲现实的框架之中。在小说中，埃弗拉因常给他的心上人玛利亚朗读《阿拉达》中的字句，书中的情节常常正是他们两人正在经历的。《玛利亚》中，恋人间的对白过分强烈和夸张，尤其是男主人公埃弗拉因的语言，放在现代的语境下稍显别扭。马托·德·图内尔的《没有窝的鸟》讲述了曼努埃尔和玛格丽塔坠入情网，却发现彼此是同父异母的兄妹的故事——他们是被同一个主教蹂躏的两个印第安女人的子女。

另一位秘鲁作家里卡多·帕尔玛（1872—1910）成功扭曲了秘鲁的现实，是19世纪拉丁美洲最重要的文化名人之一。他的主要成就在于创作了《秘鲁传说》，自此开创了一个全新的文学流派。《秘鲁传说》中的作品大多短小精悍，略带讽刺，讲述了殖民时期秘鲁的故事。秘鲁曾长时间被西班牙殖民（首都利马曾经是人口最密集、城市最繁荣的总督区首都城市之一，与墨西哥城的发达程度相当），因此历史和逸事颇为丰富。帕尔玛找到了自己的写作方向，创造出一种具有超高辨识度的情节、人物和故事相融合的创作模式，讲述了"有色人种"的传奇小故事。

帕尔玛对风格和结构的关注，使他对于拉丁美洲短篇小说的发展做出了重要贡献；同时，作品中的怪诞元素又为魔幻现实主义的萌芽打下了基础。这些传说文字最初在报刊上发表，随后在1872年至1891年间结集成卷。其中一卷含有情色意味，直接取名为《青酱里的传说》①。尽管对过去的回忆充满浪漫主义色彩，作品依然侧重于刻画那个缺乏典型社会冲突的殖民时期。通过帕尔玛笔下的微观图景，西班牙统治下的秘鲁成了一个充满传说和传奇故事的奇妙世界。帕尔玛创作这部作品时，秘鲁已获独立，帕尔玛在渴望拥有属于自己的光辉历史的秘鲁中产阶级中找到了自己的读者。与萨米恩托、米特雷和之后的很多拉丁美洲作家一样，帕尔玛除了是小说家外还身兼数职：他同时是参议员、记者、编剧和历史文卷的编撰者。他还是秘鲁国家图书馆的创始人和第一任馆长。

另两位散文家何塞·马蒂与乌拉圭的何塞·恩里克·罗多在拉丁美洲同欧洲关系的问题上持鲜明的对立立场，携手为现代拉丁美洲文学的奠基时期画下了句号。两人同时对拉丁美洲的思想和文学产生了深远影响。他们尽管差异很大，却也不乏共通之处：相较于对立，他们的观点更能互补互济。

首先，两人同属西语美洲现代主义文学运动的阵营。马蒂是诗歌运动的领军人物之一，罗多可以说是散文创作的集大成者。其次，他们都继承了玻利瓦尔的"拉丁美洲大一统"理念，主张超越本国国界，将目光投向整个拉丁美洲。在论述中，他们都看到了美国在世界政治和文化层面彰显的强大影响力。马蒂曾在纽约生活了15年，对美国的思想和文学了然于心。罗多在美西战争的余波中坚持创作，马蒂则在战争结束后支持古巴独立，直至献

---

① 青色在西班牙语语境中含有淫秽、下流之意。

出自己的生命。对于玻利瓦尔来说,美国是拉丁美洲脱离宗主国的榜样;到了马蒂和罗多的创作年代,美国已经一跃成为首屈一指的大国,其强大的工业实力和科技发展水平,从轻易打败西班牙的事实中即可见一斑。此外,马蒂和罗多都保持着与萨米恩托的通信,而萨米恩托也一直秉持美国在很多领域值得拉丁美洲学习的观点。

在演讲口才方面,马蒂几乎无人能敌。他最为人知的一些文章,最初是在古巴十年战争①中面向身处美国的古巴工人和老兵做的演说。他的演说掷地有声,旨在鼓励所有人共同去战斗。但他喜爱通过原创的比喻来阐释问题,展现出诗人的天赋。马蒂最著名的诗歌便来源于这些格言式的演说;从其格言中摘取的精华语句,常被人们用于教育和游说。

马蒂生前发表的报刊纪事与散文,是他最伟大的文学成就。这些文字与风俗主义有着异曲同工之处,他将这一风格带到所有他曾经停留的国家(美国、墨西哥、危地马拉、委内瑞拉)。这些文字结合了报道、场景和散文的创作手法:通过强有力的想象、诗意的视角和动人的比喻,马蒂将文字推向极致。他无意站在亲历者的角度书写,而是常常利用通过电报或美国报纸获取的新闻进行再创作。

这些报刊纪事很受读者欢迎,因为作者在美国介绍了如日方升的美国,美国成为大国的事实在拉丁美洲人民心中激荡起敬

---

① 古巴人民反对西班牙殖民统治的战争,亦是古巴三十年解放战争的初期阶段。

畏、敬仰、畏惧，以及某些不满的情绪。此时，马蒂就身处这个发展进程与地理面积都远超欧洲的国家。马蒂以一个拉丁美洲人的视角，带着一种既钦佩又批判的态度，分析了美国社会、工业和政治的发展特色。马蒂游离于这些事件，但又没有完全置身事外，因为他居住在美国，这给了他极大的机会和自由，使他得以解放自我。对于求知若渴的大众来说，马蒂作品的魅力简直无法抵挡，而其作品出版的数量之多也证实了他在拉丁美洲报刊编辑心中无可撼动的地位。

在马蒂的笔下，拉丁美洲被描摹得淋漓尽致；他对拉丁美洲各国的发展史和曾经陷入的政治陷阱了如指掌。他抨击最多的对象，是那群对贫苦大众（尤其是印第安族群）的困难视若无睹的统治精英，而这种社会风气在墨西哥和中美洲国家普遍存在。他同时对军国主义的抬头持警惕态度——军人统治阶级及其后代在古巴独立战争及其后大肆攫取权力。马蒂担忧十年战争时期的领袖会回归军国主义，其时他正试图组织这些人在古巴掀起新一轮独立战争。

实际上，当时军国主义已使这些人之间产生嫌隙，但它却贯穿了独立运动的始终。在马蒂对古巴未来的担忧中，军国主义是首要的危险因素——事实上，古巴独立后，军国主义依然是噩梦般的存在。尽管如此，马蒂对拉丁美洲的未来仍然抱有希望和信心，认为只要遵循自己的特色，依托新世界丰富多样的自然资源，古巴的美好未来指日可待。

马蒂以此构想为基础的、最脍炙人口的散文有一个贴切的标题——《我们的美洲》，它于1891年在墨西哥报刊上首次发表。这篇散文振聋发聩、鼓舞人心，呼吁拉丁美洲人民勇敢了解和治理拉丁美洲，同时驳斥了萨米恩托的亲欧言论，但认可其在《法昆多》中所支持和实践的对拉丁美洲现实的深入了解。马蒂所阐述的理念与卢梭的截然相反，他认为："不存在文明与野蛮的较量，只有虚假学识与自然的交锋。蒙昧者本无过错，他们接受和尊重高级智慧，只要后者不以此来伤害他们。"

马蒂的民族主义请愿在拉丁美洲吸引了众多追随者——毫无疑问，他在战场英勇牺牲的事迹使他备受推崇，更为有志的革命者树立了崇高的榜样。他的言论在很多方面不乏自相矛盾之处，实际上是玻利瓦尔（甚至萨米恩托）曾经提出的构想的综合；乍看与罗多几年后提出的想法相悖，本质上却殊途同归。

罗多的作品《爱丽儿》（1900）是拉丁美洲散文史上影响力最为深远的作品。"爱丽儿"是莎士比亚戏剧《暴风雨》中一个善良温顺的精灵的名字，她的塑像摆放在老教授普罗斯佩罗（同样是《暴风雨》中的人物）最后一日给学生授课的房间里，使房间增色不少。整部作品是对附着于美国物质和工业发展的实证主义、实用主义和机械论的批判——在刚刚于1898年结束的美西战争中，美国轻易战胜了昔日王者西班牙，这警醒了罗多。相较于帝国主义政策，美国颇具影响力的物质主义文化更令他忧心，该文化正受到整个拉丁美洲的崇拜和效仿。

与萨米恩托不同，罗多对美式生活持尖刻批判的态度。罗多的拉丁美洲主义与马蒂所秉持的也多有不同，他主张依托拉丁美洲特有的自然景观与人种结构,聚焦于欧式,尤其是拉丁(即源自罗马的)文化。在他的畅想中,这是一种精神上的、艺术性的、理想主义层面的、与美国日益膨胀的物质主义和商业主义截然相反的文化。在罗多看来,这种文化更为高级,比来自北方的文化更值得被大力推广和效仿。实际上,拉丁美洲精神向来根植于其文化基因,被挫败、憎恨,甚至嫉妒等情绪所推动,罗多的倡导激起了极大的共鸣。

作品《爱丽儿》所展现的美国图景,是一幅歪曲变形的讽刺画。美国文化高度重视艺术的价值,这不仅体现在文学界的繁荣(如文豪惠特曼和爱伦·坡以及思想家爱默生),也体现在日常生活之中。我们只需想想19世纪末修建的、令人叹为观止的、贯穿美国全境的城市火车站,它们将建筑之美与现代科技相结合,仿若一座座现代教堂。但是罗多需要引用美国的例子来强调自己的观点。他坚定地站在反实证主义哲学一方,这是一场观念而非意识形态层面的论战。与马蒂不同,罗多并没有在美国生活的经历,他居住的区域也不曾领略美国强大军事力量的威胁。尽管如此,他的亲欧价值观在读者中大获成功。他的书在拉丁美洲极为畅销,各地甚至还成立了"爱丽儿俱乐部"来讨论和研究他的作品。罗多最为仰慕达里奥,他成了达里奥之后拉丁美洲最富声望的作家。

罗多是一位卓越的散文家。与马蒂不同,他冷静、节制,擅用韵律和修辞。罗多有时通过故事创作来佐证自己的观点。在《爱丽儿》中,为了描绘精灵的生活,他想象了一座精美的城堡,城堡中有一位与世隔绝的年迈国王。这是一则环环相扣的精美寓言,描述了老教授在虚构的教室中发表他的告别演说。文中不乏晦涩的修辞,它们被用于描绘观点被印入听者灵魂的过程,其中暗藏了一些暴力画面,如敲击硬币在其上印上人像。罗多的行文是纯文学的。在顽固却徒劳地追寻完美表达的过程中,概念和画面相互碰撞。教授普罗斯佩罗的话语中透露出一丝不易察觉的自我冲突,这一冲突也体现在爱丽儿雕塑的重量与其象征意义(灵性和轻盈感)的矛盾之中。在这种深刻的架构之下,《爱丽儿》揭示了现代拉丁美洲作品的某种潜意识,也印证了玻利瓦尔所说的话:即使"在最特殊和复杂的情境下",拉丁美洲人寻找答案和出路的脚步也永远不会停下。

第四章

诗的步履:从西语美洲现代主义到现代主义

西语美洲现代主义已步入尾声,此时拉丁美洲诗人所面临的最大挑战是如何摆脱达里奥的影子。从深层次上来说,这几乎是不可能的。达里奥为西班牙语诗歌创作创立了一个诗学的立场、一种表达和一种语言风格,并流传至今。新时代的诗人必须想尽办法从他的范式里走出来,但这绝非易事。得益于报纸和刊物的大量刊登和转载,达里奥的诗流传甚广,西班牙语诗歌,甚至流行歌曲,无不深受其影响。怀抱雄心的新时代诗人在追寻原创和新颖的道路上,需要找到全新的方式来表达自己。终于在20世纪20年代,先锋派运动(在英语世界中被称为"现代主义运动")提供了一种全新的诗学理念,它丢弃了传统的韵律结构,催生了现今我们依然在阅读的、更为繁复的诗歌创作形式。

达里奥——尤其在其诗歌创作后期(如《生命与希望之歌》)——试图将象征主义的创新手法引入西班牙语诗歌,只是这一构想在大西洋的两端都未能实现。这主要说明,诗歌不仅是浪漫主义所倡导的对个体情感的表达和对自然的反映,而且不局限于帕尔纳斯派①所主张的"精致语句的堆砌",而是两者的结合。写诗是为了找寻"美",这种美是诗歌语言的深层表达,讲求真实和对极致的追求。即便是19世纪伊比利亚半岛最杰出的诗人(如古斯塔沃·阿道夫·贝克尔②)也不曾达到这样的高度;而与达里奥同时代的拉丁美洲作家中,也只有马蒂、席尔瓦和卡萨尔偶尔达到过这样的高度。

颓废的生活方式和对诗学的绝对虔诚,是这一追求的一个额外却重要的部分,颇具浪漫主义遗风。然而,全身心地探寻诗歌语言中真与美的终极融合,摒弃多愁善感的基调和口语的使用,这只能与同时代印象派油画运动相媲美。一批年轻的拉丁美洲诗人承袭了达里奥的衣钵,在大陆颇有名望,并和达里奥一样开始被西班牙承认——西班牙的诗歌界在达里奥去世后发生了天翻地覆的变化。

这批诗人秉承了象征主义,象征主义是持续至今的现代诗歌实践的自发主张。象征主义发源于法国,主张打破法语中过于严格的韵律限制,最初强制使用亚历山大体,讲求规定的韵律和节奏模式。西班牙语(英语中早已摒弃传统韵律)诗歌的情况有所不同,出现了丰富多样的韵律和押韵方式。然而,从学院到因循守旧的民间,诗学语言逐渐固化,产生了大量的陈词滥调。达里奥的应对方式是运用一系列诗节、韵律和韵脚的组合,甚至独创

---

① 19世纪后三十年流行于法国的诗歌运动,推崇"为艺术而艺术",拒绝进行意识形态方面的思考,十分讲究形式的完美。

② 被誉为"西班牙最后一位浪漫主义诗人",代表作为《诗韵集》。

韵律。

在韵律方面，象征主义诗人极力避免墨守成规。他们只遵循一条原则：诗人内心的情感体察。诗人根据自身情感的表达需要，判定诗歌的断行及每行长短；诗句末尾也无须押韵，至多只是谐韵。即便依然保有统一的韵脚，它们的存在也只是为了烘托母题，或出现在诗中随处可见的随性诗句的末尾以示分隔。这在法国作家魏尔伦身上表现得尤为明显，他主张诗歌的音乐节奏是最重要的。另一位象征主义代表诗人是法国作家马拉美，以他为首的诗人群体认为，大千世界只是形象与符号的集合。至于象征的对象，最重要的是决定事物外部形象的深层机理。转瞬即逝的细微之处被用于表达自然、存在和自我最隐秘的法则。事物的表象处于永恒的变化之中，在对变化缘由无尽的探求中，主体似乎消解了。整个自然是一幅不断流动的画面，是永恒法则不确定的、隐秘的象征。

在更复杂的情形下，这个高度抽象化的世界也可以诠释诗人的情感（参照魏尔伦）或观点（参照马拉美）。这一创作思想，达里奥承袭自法国，而他的追随者承袭于他，也像他一样，直接从法国学习。从这个意义上说，达里奥为一切试图超越他的诗人和20世纪拉丁美洲诗歌的平衡奠定了基调。

阿玛多·内尔沃和恩里克·冈萨雷斯·马丁内斯这两位墨西哥作家是达里奥晚期及其后重要的诗人。内尔沃（1870—1919）生前深受读者的喜爱和敬重，至今作品仍广泛收录于各类拉丁美洲诗选，以他为研究对象的学术项目亦是数不胜数。他信奉神秘主义，沉迷于上帝，痴迷东方宗教，也阅读尼采。内尔沃自称满足于自己的命运和自己所处的世界："哭泣？为何？"一封给"那个面色苍白的苦行者"肯培斯的信为世人记诵。肯培斯的代表作《定格的爱人》最为人称颂，在诗中，诗人对已逝的爱人倾吐真心，绝望之余依然保有对生活的热情。内尔沃的诗作无关政治，惯以隐晦的笔调描摹情色主题。他的诗歌简洁平淡，摒弃了西语美洲现代主义惯用的"音乐化"写法。他宣称，在心上人的启发下，"我的诗歌找到了一种只可意会的节奏"。内尔沃在诗作中体现出的平稳及悲凉、对上帝的寻求和通过爱而实现的自我满足，给他带来大批忠实读者，声名一度可与达里奥比肩。他是墨西哥第一位杰出的现代诗人。

墨西哥诗人恩里克·冈萨雷斯·马丁内斯（1871—1952）或许更为出色。他为人熟知的是一首反达里奥的诗作（虽然他的创作本意并非如此），其中最著名的诗句是："扭断那长着骗人羽毛的天鹅的脖子。"众所周知，天鹅是达里奥诗歌的核心意象，它们美丽，而且脖子形似一枚弯弯的问号。这句诗，以及冈萨雷斯·马丁内斯对猫头鹰（理性和智慧的象征）的偏爱，使他成为终结达里奥时代的重要人物，他的诗作也因此成为西语美洲现代主义走向终点的标志。但实际上，冈萨雷斯·马丁内斯非常仰慕这位尼加拉瓜诗人，尤其喜爱他后期的作品。冈萨雷斯·马丁内斯也遵循了法国象征主义的主题。他从未放弃对深奥的终极问题的严肃探索。正如他自己所言，他的眼睛和他的瞳仁在深夜凝视着夜幕。一首诗中，他遇见一个起死回生的幽灵，后者竟找不到恰当的问题来问他。收录在诗集《隐藏的小径》(1915)里的另一首诗中,一个人物名为"罗梅罗"——词源上意为"一名去往罗马的朝圣者",作者意欲借此点明诗作探求真理的核心主题。他的诗歌富有音乐性,喜押头韵(如"你的瞳仁里藏着问号"[1]),包含极富原创性的比喻,如"在水晶般的灵魂深处"等。

同墨西哥一样,在阿根廷、乌拉圭、巴拉圭等南锥体国家[2],西语美洲现代主义也似狂风般席卷文坛,尤其是在发达的大都市布宜诺斯艾利斯,达里奥曾于1893年来到那里并蜚声遐迩。很多作家都是这位尼加拉瓜大诗人的追随者,但其中最成功的,要数阿根廷人莱奥波尔多·卢戈内斯(1874—1938)。他在阿根廷文坛独领风骚三十余年,后被任命为教育总督察,最终位至国家图书馆馆长。卢戈内斯拥有精湛高超的叙事技巧、精巧细腻的表达、广泛卓越的资源,在散文和小说两种体裁上均颇有建树。身为散文作家,他在演讲合集《行吟诗人》(1916)中将《马丁·菲耶罗》认定为展现阿根廷民族身份的史诗作品,引发了一场广泛而持久的讨论。参政的经历使他逐渐成为一个狂热的国家主义者,支持军政府的独裁专制统治。

因此卢戈内斯颇受时人诟病,但他的文学成就极高,后世重要作家如豪尔赫·路易斯·博尔赫斯尊他为阿根廷文坛的代表性人物;同时,他在拉丁美洲诗歌史中也占据了重要地位。或许是恼于自己的政治选择,或许是经历了一段与一位年轻女性的不

---

[1] 原文为"Your pupils pregnant with problems"。
[2] 指南回归线以南的拉丁美洲国家,因在地图上呈现出一个倒置的锥体而得名。

完满的恋爱关系,卢戈内斯在1938年服毒自尽。

卢戈内斯的第一本诗集《金色山峰》(1897)使他远离了西语美洲现代主义,他进一步推进了达里奥及其追随者的某些创新手法。下一部作品《花园的黄昏》(1905)体现出他对帕尔纳斯派创作理念的完善和对连续意象的象征主义偏好;一些意象清新得令人称奇,如"墙上的吊衣钩上/是钉在十字架上的燕尾服"。下面这段节选自一首感人至深的诗作《单身汉》:

燕子,
穿过粉色的云朵,追逐
看不见的蝴蝶,
勾勒出谜一样的字母
像在书写离别。

我们能从中看到达里奥的影子(粉色的云朵、燕子和蝴蝶),但诗人笔锋一转,让燕子在天空书写,而书写的内容是离别——这太有新意了;这种转喻无疑超越了西语美洲现代主义的修辞范式。这个意象的核心在于被追逐的蝴蝶是看不见的,这就使得燕子的飞行自由而随机,且饱含诗意(尤其是当它们书写时);而"书写离别"则给全诗蒙上了一层淡淡的忧郁。卢戈内斯的精致优雅可见一斑。

不过,卢戈内斯最著名的作品还要数《感伤的月历》(1909)。诗人不仅吸收了传统象征主义的精髓,还承袭了法国象征主义诗人于勒·拉福格的风格，在作品中引入讽刺元素，这使得他的作品超越了西语美洲现代主义，跨入了先锋派或现代主义的阵营。讽刺的意味在作品标题中就有所体现：卢戈内斯选取了浪漫主义诗歌的常见意象（散发忧郁气息的月亮）和西语美洲现代主义诗歌的常见意象（勾勒出美丽物体形状的银色光芒），并且将月亮仅仅描绘为记录时间的工具。这是一轮通晓潮汐和其他自然轮回现象的月亮，日复一日、毫无新意地升起和落下。"月历"在西班牙语中并不是一个优雅的词，甚至有点粗俗。卢戈内斯试图将日常用语引入诗作，这一创举并不符合西语美洲现代主义的审美需求，直到先锋派盛行时期才大为流行。标题中加入"感伤"一词，平添了讽刺的意味，因为这无疑给一个普通的计时物件注入了过多的情感。"感伤"一词也使作品标题蒙上了某种媚俗的味道。卢戈内斯的智慧和幽默是普通读者不易察觉的，也是西语美洲现代主义诗歌集体缺失的。他与众不同的创作方式在整个西班牙语世界广为人知，并最终使他成为西班牙语诗坛的权威代表。

与卢戈内斯几乎同时代的另一位乌拉圭诗人胡里奥·埃雷拉·伊·赖西格（1875—1910）来自附近的蒙得维的亚，后者的命运轨迹与前者的截然不同。他一生不曾远行，所到最远之处就是拉普拉塔河对岸的布宜诺斯艾利斯。尽管在他短暂的一生中，身边有一小群朋友和仰慕者，但在去世后他的名声才广为人知。他出生在一个显赫却败落的家庭，他在父母屋子的顶部建了一方塔楼，那里是他的书房和举办文学沙龙的地方；而在屋子之下，就是蒙得维的亚一所臭名昭著的妓院。这一奇妙的创作空间成为他最负盛名的诗集《斯芬克斯之塔》（1909）的标题来源。

埃雷拉·伊·赖西格自幼罹患心脏疾病，常年注射吗啡，是一个离群索居的嗜书者。他疯狂地阅读朋友从巴黎捎来的法国象征主义文学，同时也学习拉丁和希腊文学，因此他对神话典故的运用（尽管有西语美洲现代主义的印记）均取材于原始资料；而田园诗也均有据可考——在引言中有所提及。埃雷拉·伊·赖西格的诗集《石头朝圣者》于1910年在蒙得维的亚出版。之后1913年在巴黎出版的版本中加入了委内瑞拉作家卢菲诺·布兰科·丰博纳所作的精彩序言，这一版本在拉丁美洲广泛流传，并使埃雷拉·伊·赖西格蜚声拉丁美洲。

相较于卢戈内斯，埃雷拉·伊·赖西格将西语美洲现代主义向前更推进了一步；同时，他那富有多重隐喻的大胆创作预示了即将到来的达达主义和超现实主义。此外，他通过怪诞荒谬的人物形象来展现自己的潜意识，并融入了诸多神秘主义元素。由于他需要注射药物，一些评论家将作品中病态的、可怖的写作风格归因于药物的影响，此举或许过于浅薄。即便如此，作品中那种无拘无束的特质将他与达里奥（甚至卢戈内斯）截然区分开来。随后登场的先锋派诗人在埃雷拉·伊·赖西格身上嗅出了同类的味道：他已早早到达先锋派作家想要到达的高处。

达里奥在埃雷拉·伊·赖西格的创作时期仍在积极写作，但此时，由他开启的西语美洲现代主义早已抛下他远去。随后出现的一个杰出诗人群体由四名女性组成，其风格介于西语美洲现代主义与先锋派之间，她们全都来自南美洲（其中三位来自南锥体国家）。女性崭露头角已非新事。古巴女作家赫特鲁迪斯·戈麦斯·德·阿韦亚内达就是19世纪拉丁美洲最杰出的诗人之一；在现代主义女诗人阵营中，同样来自古巴的胡安娜·博莱罗（1877—1896）亦是当之无愧的佼佼者。女诗人的大放异彩从侧面印证了，随着西语美洲现代主义的到来和达里奥的大受欢迎，诗歌这一体裁在拉丁美洲已牢牢生根。女诗人加夫列拉·米斯特拉尔被授予诺贝尔文学奖，这意味着独立于西班牙文学的拉丁美洲文学开始在西方世界受到认可。

更为重要的一点是，这批女诗人为诗坛注入了新的角度和主题。爱与欲望开始以女性的视角得到阐释，出现不同的象征，受到不同的约束；同时，女诗人开始从全新的角度讨论死亡。外表的美及其衰败也成为诗歌的新主题之一。母亲身份与舐犊之爱同样进入诗歌题材，部分采用了摇篮曲的形式。对于男性特权的不满和抱怨情绪开始出现，给诗歌增添了某些政治意味，这是其时的诗歌在很大程度上缺乏的，也为20世纪20年代即将到来的新写作奠定了基础。这些女诗人始终严肃、坚定地追寻着某些终极问题的答案。

达里奥曾在布宜诺斯艾利斯与乌拉圭作家德尔米拉·阿古斯蒂尼（1886—1914）会面，叹服于她迷人的气质、姣好的容貌，也为她的诗作深深着迷。他为她的《空杯》（1913）作序，并以确凿的口吻写道，自圣特蕾莎之后，西班牙语诗歌界再无第二人似德尔米拉这般，拥有强烈的语言。德尔米拉也为这个了不起的男人深深着迷,她本人亦是达里奥的忠实读者。她早熟且热情,诗中出现了当时最露骨的色情描写,这给她带来了一些不幸。在当时,还没有任何一个西语美洲现代主义诗人——除了哥伦比亚同性恋诗人波费里奥·巴尔瓦·雅各布(本名米格尔·安赫尔·奥索里奥,1880—1942)——敢于公开发表如此大胆的情色诗作。在德尔米拉出生和成长的蒙得维的亚,她的诗歌震惊了整个上流社会。

德尔米拉与埃雷拉·伊·赖西格及其创作圈相交甚笃,有机会同他们一起学习和模仿法国最前沿的文学作品。从象征主义作家身上,她学会了使用自由格律,自此她的诗作中充满了令人吃惊和愉悦的节奏,与诗歌主题美妙融合。诗句伴随着激情而生,激情不仅通过意象和修辞手段,还通过韵律来表达。阿古斯蒂尼的情色诗作绝不粗野,反而彰显出她对语言的精当拿捏。但在她的一生中,她经历了混乱的情感关系:结婚仅一个月就与丈夫离婚,但随后又与前夫保持情人关系。在一次秘密会面中,她被前夫枪击身亡,后者随即也结束了自己的生命。

另一位乌拉圭诗人胡安娜·德·伊瓦若(本名胡安妮塔·费尔南德斯·莫拉雷斯,1895—1979)活了很长时间,一生广受赞誉,被誉为"美洲的胡安娜"。她的写作同样充满对欲望的探求,她对自己的肉体、美貌、悸动的渴望和青春的易逝了然于心。她的诗作展现出一种异教式的、令人愉悦的性爱观,不为犹太教与基督教的罪恶观所牵绊,而且包括了泛神论所热烈讨论的自然。在西语美洲现代主义诗歌中她的作品独树一帜,为了自身或欢愉升华了人体之美。她对于肉体愉悦的探求延伸至死后的世界,她认为,死后的躯体依然拥有渴求,会再一次站立。因此,在一首诗中,她要求她的爱人将死后的她埋入一口浅浅的墓穴中,这样她的肉身可以感受生者的脉搏,并得到重生。和阿古斯蒂尼一样,在情色描写方面她毫不避讳:"现在就要我吧,趁还早/趁我手中还有新鲜的大丽花。"晚年的伊瓦若悲伤地凝视着自己苍老的躯体,称自己已经是一个"鬼影","在已经枯萎的花瓣中心"感受不到任何情绪。她的名望超越了南锥体,并持续了大半生(尽管晚年逐渐被遗忘)。但她的诗作在拉丁美洲文学史上拥有不可撼动的地位。

阿根廷女诗人阿方斯娜·斯托尔妮(1892—1938)对爱情饱含热望,对男权社会中女性的从属地位感到不安。她的早期创作展现了这些矛盾的情感,并最终将她引向自杀。早年间,她的创作大获成功,成为第一个闯进被男作家垄断的布宜诺斯艾利斯咖啡馆文学圈的女诗人。她的诗和她本人一样,直面情感,敢于创新。她常常表现出对异教式肉欲之爱的索求,及对男性近乎嫌恶的鄙夷。在最知名的诗作中,她谈及自己的父亲和祖父从不哭泣,总是一副"铁人"形象,而当她恋人的眼泪滑入她的口中时,她体验到从未品尝过的苦涩。她是个"柔弱的女性",但她能够通过咸涩的眼泪悟出"口中的泪仿佛蕴含几个世纪的痛苦",能够真切地体悟这种情感,而绝非出于同情。她对声名视若无睹,在短暂生命的尽头抛弃了曾为她带来声名的那类诗歌,开始创作一些饱含忧虑的诗句,其中一首卓越的十四行诗《我即将睡去》

暗藏了诗人即将赴死的决心。1938年10月,她投海自尽。

据说,智利女诗人加夫列拉·米斯特拉尔(本名卢西娜·戈多伊·阿尔卡雅加,1889—1957)的笔名来源于她最钟爱的两位作家:加布里埃尔·邓南遮[①]和弗雷德里克·米斯特拉尔[②]。也有不同的说法认为"米斯特拉尔"得名于法国地中海地区的密史特拉风[③]。米斯特拉尔出生于省会比库尼亚城一个拥有巴斯克和印第安血统的贫困家庭。她十五岁便自学成才,成为一名教师。教育是她的诗歌中反映出的重要部分,她为墨西哥和智利的教学系统做出重大贡献而享誉世界的同时,也在整个拉丁美洲拥有了大批读者。她曾任智利驻那不勒斯、马德里和里斯本领事,生命中的最后几年居于美国。米斯特拉尔坚持为处于贫困和战争中的儿童发声,创作了脍炙人口的摇篮曲,在西语美洲世界的母亲间广为吟唱。身负诗人和外交使者的身份,她于1945年荣膺诺贝尔文学奖。

米斯特拉尔的个人经历造就了她的成功,也有助于理解她的作品。她的第一个恋人举枪自尽,这成为诗人后半生的创伤根源。诗人因此写下首部诗集《死的十四行诗》(1914),获得地区文学大奖,在智利一炮而红。另一本诗集《绝望》于1922年在美国出版了西班牙语版本,为她赢得国际声名。1924年,以孩童成长为主题的诗集《柔情》出版;1938年,女诗人将主题延伸至母

---

① 意大利诗人、记者、小说家、戏剧家和冒险者,主要作品有《玫瑰三部曲》。
② 法国诗人,主要作品有诗作《黄金岛》《普罗旺斯》《米洛依》等。
③ 法国南部干燥寒冷的北风或西北风。

亲身份，于布宜诺斯艾利斯出版诗集《塔拉》。这些都是她的代表作。其时，米斯特拉尔已成为西班牙语诗歌创作界最具代表性的人物，成了像达里奥那样的著名巡回诗人；此后，这一角色将由巴勃罗·聂鲁达和奥克塔维奥·帕斯扮演。

初恋男友的自杀使米斯特拉尔认为，基督教的创世是中断的。她是一名基督教徒，正是这种感受促使她在作品中加入了与上帝的对话。在一篇诗作中，她满怀柔情地追忆往昔，请求上帝原谅她死去恋人的自尽行为（自杀是一项不可饶恕的宗教罪过），并为他祝福。在创作早期，米斯特拉尔的诗风严肃，但并不阴郁。在早期诗作中，她不仅与上帝对话，也与死去的恋人对话，告诉他她会走入他的坟墓，与他共同"做梦"。在另一些诗作中，她将他想象成需要照顾、宠爱和理解的孩童。米斯特拉尔将诗歌看作祈祷。她在一些诗歌中采用了《圣经》主题和人物，甚至将路德视作自己的化身。作品中展现的对孩童无限的爱，一方面来自她不能为人母的遗憾——她为了死去的恋人，决定终身不育；另一方面来自孩子可以减轻死亡带来的痛楚的想法。她写给孩子和为孩子而写的诗篇，充满了柔情的母爱和博爱天下的世界主义精神。正如下面一节摇篮曲中所体现的：

上帝如父亲
缓缓摇宇宙。
黑暗中，我感到他的手
轻轻摇摇篮。

米斯特拉尔在诗中成功地将痛苦和希望用一种常人能够理解的方式来表达，不向悲伤让步，触及了诗意表达的最高境界。正因如此，她备受世界读者的尊敬与仰慕。

尽管米斯特拉尔直到20世纪50年代还在坚持写作，她的首部诗集发表于1914年，即第一次世界大战打响的那一年。这场战争将19世纪的荣光彻底终结。象征主义者所秉持的诗意的完整性（存在于诗性自我深处及其与以符号表达的表象世界的深层原因的关系中）被一场19世纪帝国列强间的战争粉碎；欧洲大陆遭受重创，西方世界所勾画的人类的美好未来化为泡影。

20世纪的预言者纷纷登上舞台：哲学界有尼采，心理学界有弗洛伊德，1906年爱因斯坦提出了相对论。这一切震撼了人们的心灵，动摇了人类对物质现实的认识。此前，印象主义早已动摇了人们对每日所见，甚至大气和光影变化的感觉与期待。新世纪伊始，新一批的艺术运动将带来全新的世界观，波德莱尔作品中歌颂的"交感世界"已不复存在。

拉丁美洲的诗人发现，自己再也无法从欧洲诗歌中轻易找到创作的基础，只能另辟蹊径。欧洲艺术家共同感受到了缺失和对自由的向往，他们寻求在极端的先锋派派别（如达达主义、未来主义和超现实主义）中表达新自由。反映了这一情况的拉丁美洲先锋派诗歌最先由两位智利诗人领衔创作：巴勃罗·聂鲁达和维森特·维多夫罗。同时，在西班牙出现了一群顶级阵容的诗人，被称为"27年一代"，他们是费德里科·加西亚·洛尔迦、维森特·阿莱克桑德雷、豪尔赫·纪廉、拉法埃尔·阿尔维蒂、佩德罗·萨利纳斯和达马索·阿隆索。

与此同时，西班牙早一代诗人如胡安·拉蒙·希梅内斯（将于1956年获诺贝尔文学奖）和安东尼奥·马查多仍然活跃于文坛并有影响力。这些诗人的共同创作和新的拉丁美洲诗歌——远不止维多夫罗和聂鲁达，还包括塞萨尔·巴列霍、豪尔赫·路易斯·博尔赫斯、奥克塔维奥·帕斯、尼卡诺尔·帕拉和何塞·莱萨马·利马——谱写出了西班牙语诗歌史的"黄金时代"。

如果说，第一次世界大战是一场世界浩劫，那么另两场在西班牙语世界打响的灾难性战争——墨西哥革命（1911—1917）与西班牙内战（1936—1939）——则孕育出西班牙与拉丁美洲诗人间的共同理想和风格。尤其是后一场战争，如同一块巨大的磁铁，将西班牙语世界，甚至其他地域和语言的诗人吸引过来。这是20世纪文学的转折性时刻，对诗歌界而言尤甚；在马德里和巴塞罗那的街头，甚至在战场上，诗人因为共同的政治追求走到一起。在拉丁美洲，先后出现了聂鲁达、巴列霍、尼古拉斯·纪廉、帕斯和其他一些名头稍逊的诗人。西班牙内战使艺术和政治意义上的先锋派运动相互碰撞，迸发出耀眼的光芒，尽管短暂，却产生了旷日持久的影响。

先锋派诗歌紧跟洛特雷阿蒙和马拉美等先驱的脚步，将象征主义对自由的追求推向高潮。它不仅摒弃了格律、韵脚、诗节的条条框框，而且跳出了语法、逻辑和写作原则上的诸多规则。这与立体主义、达达主义和超现实主义所强调的对现实主义绘画的颠覆、对空间和视角的不同理解、用颜色模仿自然界万物的尝试有着异曲同工之妙。诗歌的意义开始通过意象和比喻来表达，而在意象与意象之间、比喻与比喻之间并不存在明显的关联。修辞代表了自由关联或非常规性关联的心境，留待读者依据感知和心境加以整合。实际上，就多数共同标准而言，许多现代主义诗歌很深奥，普通读者很难读懂。诗中的断句和停顿显得随心所欲，有时通过非常规的排版方式制造出不寻常的视觉效果，犹如立体主义绘画中的线条。同样的思潮也发生在小说创作和其他的艺术形式如电影制作（蒙太奇手法的运用）中。到20世纪20年代，新登场的诗人只在一般和抽象意义上继承了达里奥；他们并不像埃雷拉·伊·赖西格或米斯特拉尔那样，从西语美洲现代主义起步。他们一出场，就是羽翼丰满的现代主义文学家。

塞萨尔·巴列霍（1892—1938）出生于秘鲁北部安第斯山区的小镇圣地亚哥德丘科。他的祖父和外祖父都是西班牙神父，祖母和外祖母分别是祖父和外祖父的印第安情妇。巴列霍常不无痛苦地宣称自己以印第安血统为傲，作品里也常常出现盖丘亚语。他在当地接受中学教育，两次进入大学，却由于经济原因从大学辍学。最终他完成了本科阶段的学习，于1915年在特鲁希略大学获得了哲学和文学学位。随后的岁月里，他在同一所大学研修法律。1918年，巴列霍出版了第一部诗集《黑人信使》，这给他带来了些许声誉，并由此获得在学校教书和为报社撰稿的工作。在利马，巴列霍加入了先锋派艺术家和知识分子团体，该团体在秘鲁的经济和社会形势每况愈下的当时，正向政治团体转型。1923年,一段因政治事件而起的短暂的牢狱之灾后,巴列霍辗转去了巴黎,并在那里成为一名政治活跃分子,于1931年加入共产党。他被派往苏联,后来在饱受战争蹂躏的西班牙长时间从事政治工作。巴列霍此后一直没有回到祖国,但秘鲁一直在他心中。

《黑人信使》仍然具有西语美洲现代主义的文风,比起达里奥的诗作,与卢戈内斯的《感伤的月历》更为接近。这部作品的出版在拉丁美洲诗歌史上称得上是一个承上启下的转折点,是西语美洲现代主义向现代主义转向的开端。巴列霍摆脱了句法和韵律的桎梏,这让他的诗很难读。诗歌再也不是原来浅显易懂的文体,即使达里奥晚期最阴郁、深奥的诗作,也不似巴列霍的诗作这般令人费解。诗人的绝望通过碎裂的语法结构和惹人憎恶的人物角色来展现。它是非理性的,拒绝臣服于正统诗体。这里有达里奥创作早期的帕尔纳斯派传统的痕迹(达里奥几乎影响了所有拉丁美洲人的创作),然而《黑人信使》最具现代主义特征之处,在于描绘了一幅世界末日般死气沉沉的战后图景(诗集的标题即已彰显)。正如T. S.艾略特在《荒原》中所描绘的,西方文明的核心似乎破灭了;艺术的责任是呈现这业已崩塌的世界,而不是用美丽的纱巾将其遮掩。《黑人信使》的头几行,已成为西班牙语文学中描绘忧郁基调的典范之笔:

生命中有如此猛烈的打击……我不知道缘由!
这些打击仿佛来自上帝的憎恨;仿佛在它们面前,

> 一切苦难经历的深水
>
> 都从灵魂里涌起……我不知道缘由！①

然而这几句中的悲恸既没扩散也不暧昧；每个读者都能从中读出自己的影子：失去兄弟，抑或失去恋人的哀伤。巴列霍诗歌中的绝望之美，在于它的亲密、热情和强烈，蕴含着被上帝和所有无用的宗教仪式及祈祷背叛的痛苦。

《黑人信使》初步展现了巴列霍独树一帜的创作手法，而下一部作品《特里尔塞》（1922）则更加不同凡响，几乎可以说，当时没有任何一位诗人曾经出版过风格相似的佳作。它成为拉丁美洲先锋派诗歌的发轫之作，西语现代诗歌创作的标杆。诗集名《特里尔塞》本身就表明了诗集中的诗作是完全的独创：这是个生造词，它究竟代表什么含义，评论界一直争执不下。作者仿佛在宣称：他不仅在创造诗歌，而且在创造语言本身。事实上，他就是这么做的。《特里尔塞》在寻常的日常语言中加入了惊人的全新话语模式：句法和拼写被抛诸脑后，这使得诗歌的意义更加晦涩，甚至无从理解。这样的写作手法此前在西班牙语诗歌创作中从未出现过。《特里尔塞》实际上是巴列霍政治觉醒后的一种宣泄，之后他再未发表过其他诗集。他本人最好的作品收录于去世后出版的《人类的诗篇》，诗集名出自他的遗孀；这可能是现代西班牙语诗歌界最好的诗集，足以与洛尔迦、聂鲁达和帕斯的诗集相媲美。

---

① 译文引自《巴列霍诗选》，黄灿然译，华夏出版社，2007年。

《人类的诗篇》收录了巴列霍从20世纪20年代到去世前的诗作，包括在西班牙内战期间的创作。这些诗作从体例上看更接近散文，一种诗歌化的、情感强烈的、意象密集的散文。巴列霍似乎有意在此重塑诗歌，用日常语言描述见闻，尽力避开格律或在散文和散文化之后才考虑格律。诗作多围绕日常生活（包括他自己的生活）和寻常环境展开，穿插以磨难、时间、生存的乏味、邪恶及悲恸到来的猝不及防、世人不幸的普遍性等超验主题。我猜测，这就是诗集名的由来（尽管并非出自诗人本人），它将人类与圣人、人间与天堂对比。诗集同时包含了一部巴列霍于1938年印刷但从未装订的、献给西班牙共和国前线战士的作品——《西班牙，我喝不下这杯苦酒》。

《西班牙，我喝不下这杯苦酒》包含了西班牙语中最具冲击力、最酸楚也最动人的政治诗篇。它甚至成为毕加索那幅著名的描绘战争的画作《格尔尼卡》的灵感来源。巴列霍的诗作与毕加索的画作共同描绘了一幅世界末日般的图景，是人类面对战争暴力的、超越了党派之争的疾声呐喊。作品富有预见性，尽管诗名源自《马太福音》（36：29），却兼有《启示录》的影子；通过逆向照应[①]层层递进以深化情感的表达，借由极富原创性的人物设定突显作品的意义。其中的部分诗篇可谓新时代的祈祷文，如《我们的父亲》。诗集反映了西班牙内战末期的历史时刻，当时共和派节节败退，巴列霍的诗歌也随着一场场的失败连篇成册，大量

[①] 下文的词回指上文的词。

展现了战况和史实。肉身与兵器的较量，普通人在战争中的阵亡（尤其是平凡的乡下人，他们对战争的理解更为朴实，赴死时异常坚忍）——这一切，没有人比巴列霍写得更动人。但是，巴列霍的野心不止于展现人类的冲突和苦痛。他的作品里普遍存在着一种有生命的物体与无生命的物体间的对立，交织成一个混沌却耀眼的旋涡。同拜伦一样，他甘愿为自己的浪漫主义精神献身。1938年4月15日，耶稣受难节那天，贫困的诗人在巴黎（对一位拉丁美洲诗人的受难而言，巴黎是座理想的城市）潦倒去世——在经历了多年的穷困、绝望、家庭及爱情的不顺、疲惫的政治激进主义活动之后。

另一位智利诗人维森特·维多夫罗（1893—1948）则幸运得多。他曾在巴黎生活多年。在文学成就上，他无法与巨人巴列霍比肩，但他最能体现出先锋派的创作精神。他的父姓加西亚和母姓费尔南德斯，在西班牙语中是稀松平常的姓氏；于是他通过将字母拆散，再以不寻常的方式组合，给自己改换了一个独一无二的姓氏，展现出对文字游戏极大的热情。他对法国诗歌尤为着迷，甚至开始用法语创作，并在由皮埃尔·勒韦迪①创办的法国先锋派刊物《北方南方》上发表。维多夫罗擅于结交朋友，在帕尔纳斯派的先锋作家中，轻松结识了纪尧姆·阿波利奈尔②、巴勃罗·毕加索、胡安·格里斯③和格特鲁德·斯坦④。他宣称自

---

① 20世纪初期法国著名诗人，超现实主义诗歌的先驱之一。
② 法国诗人、作家，西方现代派文学的先驱之一。
③ 西班牙画家、雕塑家，与毕加索、勃拉克同为立体主义风格运动的三大支柱。
④ 犹太人，美国小说家、诗人、剧作家、理论家和收藏家。

己先于勒韦迪开启了特创论运动，把自己卷入了一场持续多年的论战。事实上，维多夫罗在艺术和政治领域颇有见地，曾竞选智利总统（后败选）。

维多夫罗对自己的诗作作出了理论化总结，有时以宣言的形式。他在《诗艺》一诗中写道：诗人是小小的神明，应当有能力从虚无中创造出一个能与我们的现实等量齐观的虚拟现实。他补充道："你为何歌颂玫瑰，啊诗人！／让它在诗中绽放。"他的这一"理论"实际上在先锋派作家中并不罕见，他们在诗歌中自由使用语言和其他诗意的元素，不理会传统或特定的意义；诗人作为"小小神明"的概念可以追溯到浪漫主义时期。然而维多夫罗在创作中极具独创性，写就了不少西语现代主义风格的不朽之作。

维多夫罗的《阿尔塔索尔》（1931）可谓拉丁美洲现代主义和20世纪诗歌创作的巅峰之作。维多夫罗称，这首诗大部分创作于1919年。片段曾零散发表于几本刊物，后全诗在马德里出版，随即引发轰动，毕加索还专门为诗人创作了肖像画。诗作全名为《阿尔塔索尔或乘降落伞旅行——七篇》（1919）。"阿尔塔索尔"（Altazor）实际上由两个词拼成：alto（意为高）和azor（意为用于捕猎的苍鹰）。因此，"阿尔塔索尔"或可直译为"高鹰"。"阿尔塔索尔"指高空的捕猎，这也是全诗的核心艺术手法，灵感来源于希腊神话中的蜡翼人伊卡洛斯。《阿尔塔索尔》在很多方面与同时期乔伊斯笔下的《尤利西斯》（1922）有着异曲同工之妙，它无疑是一部充满野心的长篇诗作：第一版有111页。

蜡翼人伊卡洛斯乘伞状的降落伞旅行，这奠定了全诗幽默的基调，也给全诗增添了明嘲暗讽的色彩。坠落的想法及其所有的基督教内涵也让诗作有了一层寓言色彩，只是被讽刺手法冲淡了。诗作像是由主人公的自言自语构成，他与上帝、与读者对话，或是回答一位看不清面貌的对话者抛来的问题。时而诗作又像是主人公对一系列极其严肃的话题发表的长篇独白。然而作者不断使用双关、重复、列举、逆向照应、断断续续的陈述和随机的词语，行文读来无比幽默。每一章节之间层层递进，尽管长短不一，语调也各不相同。越往后，语言越发被消解：全诗以一连串字母结束，或许是为了表示某种任意发出的声音。人类，据本诗所述，是一种"形而上的动物，极易为悲痛所累"。

从主题上来说，《阿尔塔索尔》有点像海德格尔《存在与时间》(1927)的诗歌版，尽管维多夫罗不太可能读过这位德国哲学家的著作。诗中的自我跌入了时间的河流，试图在一个确定感缺失的世界中寻找意义。当它似乎在飞翔时，它对存在感的诘问，是为了使自己摆脱苦痛的折磨；"苦痛"是一个在诗中反复出现的字眼。叙述者在虚空中，来自无限宇宙也来自浩瀚大海，但拥有清晰的历史坐标。他感叹基督教的没落，却没有什么能够取代它。欧洲掩埋了死去的一切（时值第一次世界大战落幕），诗中反复提到新科技（如飞机），主人公所处的背景令人联想到未来主义。这些科学发明，尤其是天文学的进步，似乎即将带来一切问题的答案，但又似乎为时尚早。

《阿尔塔索尔》是一部结构颇为复杂的作品。它甚至并未从头到尾贯彻诗歌的行文体例，一些片段读上去就像散文诗。事实上,从传统意义上来看,诗歌最初是重复嘲讽的对象,是小提琴、中提琴、竖琴和钢琴之类的乐器的吟唱,从未完成指定的功能。本诗的叙述者阿尔塔索尔仿佛拥有过人的智识,了解万事万物的隐秘属性,这就使得全诗超越了一般诗歌的意义。他口中的处于质变中的世界,令人联想到奥维德笔下的世界。在那里,万事万物被不同寻常的原因扭转,由此呈现的新面貌由文字来表述,这样的文字是词(或被赋予新的含义的词)的组合。阿尔塔索尔知道,他已经深陷文字游戏中不能自拔,他像孩童摆弄玩具一般,努力将文字悉数打散再重新组合,从中体会到无比的乐趣。在一个很长的段落中,"磨粉机"一词与不同的形容词和介词重新结合,以展现机器转动和研磨的场景。在这里,作品与乔伊斯的《尤利西斯》的共通之处十分明显;此外,在主题上还与艾略特的《荒原》极为类似。

尽管维多夫罗在诗歌上取得了不俗的成就,而且交友广阔,但迅即被另一位智利诗人巴勃罗·聂鲁达(1904—1973)抢去了风头。后者可谓诗歌界的一座火山,是20世纪最杰出的诗人和政治人物之一。聂鲁达出生于智利南部小城特木科,本名内夫塔利·里卡多·雷耶斯·巴索阿尔托。为了不让父亲发现他的诗作,他改用巴勃罗·聂鲁达这个笔名:"巴勃罗"是为了纪念保尔·瓦雷里[1],而"聂鲁达"则源于捷克小说家杨·聂鲁达[2]。

---

[1] 法国象征派诗人,法兰西学院院士,代表作有《旧诗稿》《年轻的命运女神》《幻美集》等。

[2] 捷克19世纪现实主义诗人、小说家,主要作品有诗集《墓地之花》《宇宙之歌》等,小说《流浪汉》《小城故事》等。

1921年，他搬往首都圣地亚哥学习法语，但将主要精力用于创作诗歌，过着一种波希米亚式的生活。1923年他出版了第一部作品《霞光之书》，书名 Crepusculario 为"crepuscular"（黄昏的）与"calendar"（月历）两词的组合，令人联想到卢戈内斯的作品《感伤的月历》。《二十首情诗和一支绝望的歌》于次年出版，风靡西班牙语世界——没有其他任何一部诗集，曾收获如此巨大的发行量。凭借文学上的成绩，聂鲁达获得了一个不太重要的外交职位——驻缅甸外交荣誉领事。这至少给了诗人一个走出国门的机会，同时成为他长久外交生涯的起点。

随后，聂鲁达凭借在东方写就的诗作《大地上的居所》（1933）蜚声世界，作品中能看出英国诗歌（威廉·布莱克）、法国象征主义、超现实主义、小说家普鲁斯特及乔伊斯等人的影子。一些评论家认为，聂鲁达对西班牙语诗歌的革命性贡献不逊于鲁文·达里奥。1935年诗集再版（较第一版更为丰富），在拉丁美洲和西班牙均产生了深远影响。其中的诗句长短不一，基本为无韵诗，接连出现的比喻使它们艰涩难懂，但读来依然令人心潮澎湃。一些诗句明显带有诗人个人生活的印记，且含有情色意味；诗人通过写作讲述与世界、与自我的疏离，描摹自己如何绝望地追寻与他人、与自然的联系："我忽然厌倦为人。"

《大地上的居所》中的诗作比任何超现实主义或其他先锋派诗人的作品都更为铿锵有力，这或许是因为聂鲁达对先锋派的浪漫主义本源理解得更为透彻。这些诗句展现了一个废墟中的世界，一个"没有上帝的末世"（亚马多·阿隆索语）。混乱的词语似乎表达了不成熟的热情、畏惧和欲望——用一种贴合情绪的语言,一种如交响乐般抑扬顿挫的语言——仿佛潜意识终于得以摆脱理性和通俗意义,得以自由地挥洒。1934年,诗人被任命为驻巴塞罗那领事,一年后去往马德里;在那里,他结识了"27年一代"诗人群体,共同创办了《绿马诗刊》,并且目睹了西班牙内战的爆发。

由于政治立场与政府相左,聂鲁达被免除领事职务,但他依然选择留在西班牙,并于1937年协助组办了一次反法西斯知识分子会议,出版了第一部政治诗集《西班牙在我心中》。在巴塞罗那的战场上,士兵用敌方的旗帜、破布、染血的纱布和其他战利品,摘抄聂鲁达的诗句。自此,聂鲁达与巴列霍并肩成为西班牙语政治诗歌写作的两座高峰。1939年,西班牙内战进入尾声,智利左派政府上台,聂鲁达被再次派遣担任巴黎领事,协助从西班牙逃出的难民移居国外。结束智利的工作后,聂鲁达被任命为驻墨西哥总领事,前往墨西哥。

1943年,他任满离开墨西哥首都重回智利。临行前人们为他准备了一场盛大的告别宴,送别者超过两千人。同年,他出版了《智利漫歌》,后收入1950年出版的诗集《漫歌》。归国途中,他拜访了秘鲁的印加帝国遗迹马丘比丘,并于1944年发表作品《马丘比丘之巅》,后同样收入《漫歌》。1944年,他当选智利参议员;次年加入智利共产党,余生一直是忠诚的共产党员。因与智利时任总统政见不一,他骑马翻越安第斯山前往阿根廷避难,后假用好友、危地马拉小说家米格尔·安赫尔·阿斯图里亚斯的护照,辗转去往巴黎。

《漫歌》是20世纪诗歌界最伟大的作品之一，诗集于墨西哥城出版，配有著名壁画家迭戈·里维拉和戴维·阿尔法罗·西凯洛斯的插画。那一年，聂鲁达46岁。这部巨作回归本源，是一场重生，不仅囊括了聂鲁达最隐秘和最诗意的自我，也是拉丁美洲的一部自然和人文史诗。聂鲁达在诗中展现了先锋派（尤其是超现实主义）的创作抱负，其中蕴含着20世纪三四十年代的政治灾难引发的强烈的历史意识。诗歌阐发了这一希望：在欧洲和整个西方文明陷入浩劫的当下，拉丁美洲未被旧世界的罪恶和错误所沾染，将成为一个新兴的、充满活力的共同体。通过《漫歌》，作者试图建立一个美洲神话，一段美洲历史，找到诠释美洲命运的钥匙。聂鲁达是一个浪漫主义者，因此神话的主体就是他个人诗意的化身，以神话的视角见证人间疾苦。他将个人经历巧妙编入作品，诗意的语言在虚拟的时间中演化。

"漫歌"的意思为"总歌"，或有比照惠特曼的代表作《自我之歌》之意。既然是"总歌"，那么势必谈及所有事物，既包括物理空间（真实世界），也包括历史长河里的一切（世界的全部历史），这不禁令人联想到殖民时期撰史的雄心。的确如此：《漫歌》从前哥伦布时期（甚至史前美洲）开始谈起（那时人类刚刚从泥土中被创造），一直叙述至诗歌创作的年份——1949年。或许将诗集名翻译为"万事万物之歌"更为恰当，因为其中包含了历史和现实，以及人类的思想、信仰、伦理、恐惧和渴望。《漫歌》是一次对万事万物庄严的咏唱，是一曲重要的颂歌。由重读长句构成的文字铿锵有力,短句穿插其间,以示强调,再加以大段比喻。聂鲁达惯于用比喻丰富诗歌的表达。万事万物都处于流动的状态之中,并时时处于转变为另一样事物或状态的过程之中。这正如美洲不断繁衍的大自然,"生长在富饶的时间长河里"。诗歌摒弃了传统的押韵、格律和分节方式。所叙述的历史虽然追溯至史前时期,却并不以时间为序线性推进。《漫歌》建立了一套只属于自己的韵律,像是在创立一套礼拜仪式,用宏伟的比喻为万物命名并使其神圣化。

《漫歌》中有一首献给斯大林的赞歌。作品大获成功后,聂鲁达作为代表共产党的驻外文化大使,展开了一次欧洲之旅。这一时期,他的诗风有了明显的转变,表达越发简明扼要。1952年,他匿名发表爱情诗集《船长的诗》。1954年他出版了《元素的颂歌》第一辑,后三辑也分别在20世纪50年代面世。诗人想要重新看待现实中的卑微人物,通过对寻常不会入诗的平凡事物(一颗洋葱、一颗洋蓟、一只猫)的再发现,探索其中蕴藏的善与美。

1959年,聂鲁达作为美洲的巡回诗人和政治人物造访古巴,写下了《英雄事业的赞歌》,借以赞颂革命;而后他与卡斯特罗政府的文化政委之间发生了很大的争执。但是诗人随后两部诗集《典礼之歌》和《黑岛的回忆》开始从内心出发,追忆童年往昔,追忆在智利海岸度过的岁月。1971年,聂鲁达受终生好友萨尔瓦多·阿连德(获选为总统)政府派遣,作为智利驻法国大使回到欧洲。这是充满希望和收获的一年,诗人于同年问鼎诺贝尔文学奖。对此,很多人认为,是冷战推迟了聂鲁达获奖的时间。但此时的诗人已身患癌症,他于1972年回到祖国智利,目睹了阿连德的垮台,于1973年9月23日在悲恸中离世。

另一位同样在内战期间奔赴西班牙的古巴诗人尼古拉斯·纪廉(1902—1989)是一名共产党人,他以政治题材进行创作。非洲诗歌在20世纪20年代中期给古巴文化注入了新鲜的血液,身为穆拉托人,纪廉成为非洲-古巴运动中的领袖人物。这场运动获得了作曲家、诗人和小说家的广泛参与,但主要还是一场诗歌运动。纪廉在诗歌中加入了戏仿"非洲-古巴"流行音乐的韵律,以及在古巴使用的非洲语言(多源自宗教仪式)。诗句读来佶屈聱牙,有点像早前维多夫罗那些无意义的音节堆砌。然而这些词语均有特定含义(即使读者并不能完全理解),构成了一种特殊的节奏。纪廉的第一部也是最知名的诗集《松的旋律》(1930),出版后在古巴和安的列斯群岛①其他地区引发了巨大轰动。诗集名(*Motivos de son*)很有意思,"Motivos"一词既有音乐主题,也兼有动机或做某事的缘由之意。因此,诗集名可以理解为"这种'松'存在的缘由"。"松"是古巴流行音乐的一种形式,亦可指广义的音乐,同时是西班牙语中谓语动词"是"的第三人称复数形式。诗集中收录的诗作同样复杂,虽然初看不觉得。它们极具戏剧张力,通常借由男女间夸张甚至滑稽可笑的对话来展现冲突。

纪廉吸收了现代主义的创作手法,将其融入"非洲-古巴"的

---

① 指西印度群岛中除巴哈马群岛以外的全部岛群。

诗歌创作。他的广受欢迎不仅是因为诗歌中大量使用"非洲-古巴"的地域性词汇且语调富于变化,而且是因为诗作笔触的精湛。在《松戈罗·科松戈》(1931)、《西印度有限公司》(1934)和《给士兵的歌和游客的歌》(1937)中,纪廉诗作中的政治化倾向越来越明显。在西班牙,他出版了《西班牙:四种苦恼和一种希望》(1937),他的诗歌开始在国际上赢得声誉。1937年,他参加了由聂鲁达组办的巴伦西亚反法西斯作家代表大会。纪廉在20世纪30年代就加入了共产党,在卡斯特罗政府执政后即加入其中,担任作家联盟主席直至离世。

年轻的奥克塔维奥·帕斯(1914—1998)与聂鲁达、纪廉等作家一同参加了在巴伦西亚举办的反法西斯作家代表大会。他将成为下一个摘得诺贝尔文学奖桂冠的拉丁美洲诗人。帕斯在政见和诗风上与聂鲁达截然不同,他是一个政治倾向强烈的知识分子,带着坚定的马克思主义倾向来到西班牙,与左翼人士多有往来。他最早的作品之一《不准通过!》(1936)的名称就来源于西班牙共和国政府印发的宣传语。1939年签订的苏德协议促使帕斯与墨西哥左派决裂,并在余生不无苦涩地坚持对它的批判。20世纪40年代,他创办了两本重要刊物《车间》和《浪子》。1943年,他因获得古根海姆奖学金而赴美国考察两年,居于加利福尼亚和纽约。1945年,帕斯开始从事外交工作。他首先去了法国。在巴黎,他加入了超现实主义作家阵营,结识了安德烈·布勒东[①]

[①] 法国诗人和评论家,超现实主义的创始人之一。

等人。

20世纪40年代末，他重回祖国，与一群因佛朗哥上台而流亡墨西哥的西班牙作家和知识分子共同创作。这群知识分子都是西班牙哲学家何塞·奥尔特加·伊·加塞特的追随者，后者在20世纪20年代后加入海德格尔学派。流亡墨西哥的这群西班牙人都属于海德格尔派，其中的何塞·高斯于1949年翻译了《存在与时间》。尽管20世纪50年代早期旅居日本和印度的经历使帕斯对东方哲学耳濡目染，超现实主义和存在主义对其创作的影响却更为深远。帕斯在东方玄学中找到了一种用来阐释存在主义的、近乎宗教仪式的语言，同时绕开了在海德格尔时期（或更早的尼采时期）就开始分崩的西方意识形态。存在的虚空可以以诗歌填补，这样的诗歌以东方异域信仰为依托，可以成为映照存在的一面镜子。事实上，东方文化从浪漫主义时期就已传入西方，但帕斯将其原封不动地运用到自己的创作中。

杂文集《孤独的迷宫》于20世纪50年代问世，帕斯通过对墨西哥国民性格精辟的分析，一跃成为不可忽视的公共知识分子。同样在50年代，他出版了一部最富雄心的诗论专著《弓与琴》(1956)，代表了整个西班牙语世界当时对诗歌最深刻的探讨。他的下一部作品《淤泥之子》(1974)对现代拉丁美洲诗歌的起源和发展做出了详尽的论述。与此同时，他还出版了诸多诗集。事实上，帕斯最重要的诗集《假释的自由》(1949)和《太阳石》(1957)就问世于这一时期。在《太阳石》中，帕斯通过阿兹特克历法引出了对时间和历史含义的深刻冥思。随后帕斯还创作了一系列诗作,但《太阳石》无疑是其所有诗作的核心,是帕斯主要诗学主题的综合:从存在的虚无中自我的不确定性出发,到情欲描写(部分源于远东文学),再到诗歌本质。《太阳石》、《阿尔塔索尔》和《漫歌》并称"现代拉丁美洲诗歌界的三座高峰",同时也是20世纪世界诗歌史上耀眼的明珠。

在《太阳石》中,有一个沉沦于时间与空间、不知其名的声音贯穿始终。"沉沦"是为诗眼,令人联想到《阿尔塔索尔》和海德格尔的"沉沦"说。但是沉沦也是诗作中宇宙共振的一部分,代表着某种但丁式的天堂游历。但丁曾通过对情色欲望的描写,使文学游历充满生气,推动自我完成旅途:作品中一个焦虑的声音寻求归属感和与他人的交流,广袤空间里历史灾难的宇宙碎片一一划过:我们那时处于太空时代。爱情作为唯一的救赎出现,但是欲望必须在此刻具象化,此刻肌肤之爱会提供某种短暂的秩序感,呈现出一瞬间的完满。两具赤裸的身体相互纠缠,共同跃过时间的缝隙,变得坚不可摧,没有什么可以触碰两人;他们借由彼此、在彼此之中回归本源,从此再没有你我之分,没有明日与昨日之分,没有姓名的指代,两人的本质相融于同一具身体、同一个灵魂,在爱的瞬间完全实现。

然而暴力和献祭成为供奉给饥饿的、难以取悦的神明的礼物。基督教和阿兹特克的神话传说给帕斯带来了灵感。在他的笔下,神话在林肯、蒙特苏马、托洛茨基和墨西哥被刺杀的总统弗朗西斯科·马德罗等从善如流却遭遇刺杀的领袖人物身上有了历史体现。爱欲与善行在天平两端保持着微妙的平衡。在诗的末尾，开头的几句重复出现。由于无法获得永恒的完满，诗中的声音陷入反复，这一充满肉欲的反复在读者脑海中激发出迥然不同的回响，展现出短暂的极乐状态，也构成这首诗区别于其他作品的本质特征。这种反复也铺展出《太阳石》的宇宙结构：全诗共584行，这是阿兹特克历法中一年的天数，也是金星的会合周期（在地球上观测金星运动一个周期的时间）。金星是西方神话中的爱神，是启明星；而声音在时空中的沉沦，总是由爱欲引领的。

《太阳石》彰显了帕斯精妙的布局手法和历史观。剥除华丽的辞藻，诗歌的结构和布局得以清晰呈现。但这一切的实现并非通过诗句本身，亦非对自我的诗意构建。帕斯经历过并懂得人类的欲望与对神圣的渴望——通过无处不在的爱短暂地在古代宗教的废墟或颤抖的身体中表现出来。这种写作手法在诗人20世纪六七十年代的其他诗作中也不断出现，其笔下城市实为历史灾难的遗迹，而东方国度则遍布殖民主义留下的伤痕，持续地充满了神圣感。乌托邦仍充满肉欲。印度古建筑里交媾的人像蔑视着历史的爆炸性能量，回归到诗人可以用神圣性来再次装点废墟的起点。

在《纪念与亵渎》（1960）中，帕斯重写了克维多的一首十四行诗《爱比死更长久》，将这位17世纪的巴洛克诗人视为自己诗歌创作的引路人（实际上，克维多的影响在帕斯早期的创作中便初露端倪）。选择回归巴洛克风格在当时十分典型。现代西班牙语诗人意识到，从西语浪漫主义中沿袭的语言是缺乏创意的、空洞的，因而纷纷回到克维多及其同时代的对手路易斯·德·贡戈拉和他们的门徒,将他们视作值得效仿的对象和实现了创新的诗人。帕斯在贡戈拉意象派的华丽世界与克维多睿智、冷静却充满矛盾的诗学理念间摇摆;前者后来成为整个"27年一代"所共同尊崇的文学导师,但最终帕斯选择将后者作为指路人,同时对17世纪墨西哥诗人和修女索尔·胡安娜·伊内斯·德·拉·克鲁斯赞誉有加,为其专门撰文作传。克维多的语言可以粗俗,亦可以高雅;他既写憎恶,也写爱与欲望。因此,帕斯着意展现的历史的挫败感可在其框架内得以充分施展。

帕斯一直在印度出任大使,直到1968年因不满政府于墨西哥城特拉特洛尔科广场附近对学生运动的镇压,愤而辞职。随后,他回到墨西哥,通过在自创的刊物《回归》上发文,持续保持着文学和政治上的影响力。《回归》是一份出色的艺术刊物,随后成为整个西班牙语世界最有影响力的刊物之一。帕斯再次出国,同样是作为国际文学界名人。他继承了达里奥的名望,与聂鲁达享有同等声誉,直至后者离世。当一群杰出的拉丁美洲小说家带来了"文学爆炸"后,帕斯作为文学名人,也加入了他们的阵营。一些小说家支持卡斯特罗政权和其他左翼事业,帕斯与他们有过争执,他对1990年的苏联解体持赞许态度。或许是因为帕斯不支持共产主义及其追随者的政治倾向,他获得诺贝尔文学奖的时间推迟了——1990年,他在76岁时荣膺这一殊荣。

古巴诗人何塞·莱萨马·利马(1910—1976)与帕斯齐名;他出生并一直居住在哈瓦那,深爱着这座城市,很少出游(即使相邻的城市也很少踏足)。他是那种潜心钻研语言、全心投入创作的作家,终其一生只有一小群人知道他,奉他为偶像。在古巴,莱萨马有一个属于自己的文人朋友圈,他是其中的领袖;他与何塞·罗德里格斯·菲奥共同在《起源》刊物发表诗作后,这一团体便沿用了"起源"这个名字。《起源》刊物活跃于1944年到1954年间,刊登拉丁美洲重要作家的作品,同时引进国外重要作家(如华莱士·史蒂文斯[①]等)的译文。这是一本杰出的文学刊物,有罗马天主教倾向,为艺术而生,坚决不妥协。从现代主义的角度看,在莱萨马的"不合常理"之中就有罗马天主教倾向这一条。但他个人创作最明显的特征还是表意的模糊性,在谈话或书写中、在散文或诗歌中,无不如此。莱萨马固执地追求真和美,即使是以模糊读者的理解为代价。然而一旦莱萨马的语言习惯被读者接受,作品的独特光辉便再也无法被掩盖:或许可以说,莱萨马是塞万提斯和贡戈拉以来,西班牙语创作中最具独创性的诗人。

从第一部作品《那喀索斯之死》到最重要的长篇小说《天堂》(1966),再到最后一部作品《磁石的碎片》(1977),莱萨马始终坚持自己的创作语言。与多数杰出的拉丁美洲作家不同,莱萨马既不曾周游各国,也并不通晓数国语言。他仅短暂地去过牙买加和墨西哥,从未去过巴黎;西班牙语是他的母语,也是他唯一懂得的语言(他只能勉强阅读少量法语)。虽然只懂西班牙语,但他的阅读极为广泛,知识面令人赞叹。他比教堂的神父还要博学广

[①] 美国著名现代诗人,普利策诗歌奖得主,代表作有《冰激凌皇帝》等。

闻，熟读西班牙的经典作品，甚至能够记诵细节。他醉心于拉丁美洲文学，从殖民时期直到当下，同时还不断通过《起源》刊物吸收外国作品（尤其是诗歌）的精华。他与西班牙众多当代诗人有书信往来，与其中一些人甚至会过面——其时，不少西班牙作家在内战后来到哈瓦那。胡安·拉蒙·希梅内斯1937年曾在古巴首都待过几个月，与年轻的莱萨马建立了深厚的友谊。古巴本地诗人群集于莱萨马周围，以在《起源》刊物上刊登作品为荣。莱萨马在古巴革命前过着相对低调的日子，共产主义政府上台后常因官员的到来而烦扰。

莱萨马反对现代主义的主流意识形态思潮：他并非马克思主义的信仰者；他反对弗洛伊德主义（他认为，精神分析理论将人类发展的一个阶段变成了一个体系），不屑于存在主义学说（他认为人类并非海德格尔所言的"向死而生"，而是终将迎来重生），对先锋派阐述的种种"主义"也置若罔闻。他的语言是伊甸园式的，即一种在堕落发生之前、在原罪发生之前、在法律诞生之前所使用的语言。因此，莱萨马对拼写不以为意，引证随心所至，句法迂回反复（有点类似普鲁斯特的文风，但相对粗糙）。莱萨马同时将不同的修辞风格融合，时而朴实，时而宏大，时而庸俗，时而庄严。剥离掉所有的意识形态和思潮中固有的偏见对于读者来说很困难，而莱萨马笔下的世界却富有条理、体系分明。核心观念是"超目的性"，即超越情节、意图、结构、边界或目标的书写。这是对诗歌写作边界的拓展，也是对广义艺术领域的拓展，主题多涉及重生（即死后发生之事，而死亡是写作的绝对边界）。

莱萨马偏爱冗余的手法，这也是为什么他如此崇尚巴洛克主义，遵循其教条进行创作的原因。

智利诗人尼卡诺尔·帕拉1914年生于智利圣地亚哥，是先锋派的幸存者，也是一位大诗人，他的声名被聂鲁达、巴列霍和帕斯所掩盖。他对于诗歌的观念截然不同。他本是理论物理学家，曾在罗德岛的布朗大学攻读理论物理学，并在智利和其他地方的大学任教。他从先锋派运动中汲取了幽默的创作手法，这使得他的诗歌在拉丁美洲显得独特，也预示了小说界的"文学爆炸"的到来。查理·卓别林是帕拉景仰的大师，他在自己的作品中也试图创造出这样的人物：一个急切想要证明自己的、笨拙的主人公如何无力地在阻碍重重的现实中被一次次绊倒。他个人最重要的诗作名为《个人独语》。这是一首长篇诗作，通过滑稽的主人公对整个人类历史中重要时刻的梳理和描述（就好像他经历过一样），用讥讽的口吻来嘲弄人类。考虑到在他身上发生的一切，诗中反复出现的叠句"我是一个人"，成为一句夸耀式的空话。这是一首反惠特曼的诗作，因此也是一首反聂鲁达的诗作。与聂鲁达不同，帕拉唾弃繁复的修辞，从现代主义诗歌的种种手法中撷取有趣的部分，更加青睐流行音乐的形式（如智利传统民族歌舞昆卡）和大众诗体。《诗歌和反诗歌》（1954）是帕拉最为人熟知的诗集。

与帕拉齐名的还有智利著名先锋派诗人贡萨罗·罗哈斯，罗哈斯生于1917年，逝于2011年4月25日。罗哈斯曾获诸多文学奖项。无论对智利还是对整个拉丁美洲，他都是一个无比重要的人物：他曾于20世纪30年代在智利创立超现实主义团体；皮诺切特独裁政权上台后，他被迫流亡海外，在德国、美国、墨西哥游历，成为拉丁美洲诗学的传播大使。他的创作理念和风格介于聂鲁达和帕拉之间，时而在时间观方面与波德莱尔接近——一部诗集名为《抗拒死亡》(1964)，但罗哈斯的风格更积极，也更怪诞（如在诗歌《致静谧》中，静谧被描绘为宇宙中一种无所不包的声响）。

　　随着帕斯于1998年离世，20世纪拉丁美洲诗歌也宣告落幕。自他故后，后人中没有出现能与他地位比肩者。于诗歌而言，这是一个值得铭记的世纪：始于鲁文·达里奥的追随者，终于莱萨马、帕斯等伟大诗人，超越了西语美洲现代主义大师达里奥的成就，但保留了对美的不懈追求和对诗意语言的细致耕耘。达里奥仍被整个拉丁美洲文坛推崇，即便在西班牙语世界以外，人们对他所知甚少。

第五章

20世纪拉丁美洲小说：从地域主义到现代主义

20世纪早期，在拉丁美洲艺术向现代主义迈进的过程中，除短篇小说外，小说创作要远落后于诗歌；直到20世纪40年代，文坛都未出现可与巴勃罗·聂鲁达、塞萨尔·巴列霍或加夫列拉·米斯特拉尔等人比肩的重量级小说家。除一批地域主义小说家小有所成外，现代拉丁美洲文学一直被视作诗歌的天下。聂鲁达和米斯特拉尔身上聚焦了世界的目光，他们旅居西班牙、法国和美国等国家，享有国际声誉。

20世纪60年代，拉丁美洲小说家在全球掀起了一股名为"文学爆炸"的风暴，改变了这一切：得益于现代主义写作技巧的成熟运用，拉丁美洲的小说创作终于追赶上了诗歌创作。与"爆炸"的字面意思不同，这场文学运动并非一蹴而就：从三四十年代的小试牛刀，到50年代的加速推进，直到60年代的全面爆发，经历了一个逐步发展的过程。这一时期，拉丁美洲小说为西方现代小说贡献了自己的特色，但这也部分得益于它对普鲁斯特、卡夫卡、乔伊斯和福克纳之后的创作手法的借鉴与传承。及至21世纪初，拉丁美洲小说已完全与西方主流文学同步，在国际艺术界享有自己的一席之地。

20世纪早期，拉丁美洲的短篇小说创作仍在鲁文·达里奥和西语美洲现代主义的影响之下。短篇小说同诗歌一样，追求简洁的表达，依赖严格的技巧运用，初出茅庐的作家依然选择将大部分精力放在对形式的建构上，他们的后继者也同样遵循这样的创作方式。一些短篇小说作家（如莱奥波尔多·卢戈内斯）同时也是诗人。其时，拉丁美洲最著名、最富影响力的作家要数乌拉圭的奥拉西奥·基罗加（1878—1937），他曾于1917年不无玩笑地撰写了《尽善尽美的短篇小说家十诫》，这部作品常被引用。基罗加的小说中有颠倒的世界、令人毛骨悚然的氛围、饱受精神失常和身体病痛折磨的人物，几乎处处可见埃德加·爱伦·坡的影子。

基罗加的一生充满坎坷：父亲死于狩猎事故，继父和妻子都选择了自杀；他本人也在罹癌多年后，走上了同样的道路。基罗加曾在巴黎度过了一段重要时光，后来选择回到阿根廷北部米西奥斯内斯省的热带丛林度过余生。在他的小说中，看不到煽情的语句和本土化的描写，多的是严酷、悲观、惊悚的主题和病态的死亡。《爱情、疯狂和死亡的故事》于1917年问世，《大森林的故事》于次年问世。基罗加的小说直面拉丁美洲暴力、混乱的自然和人文图景，西语美洲现代主义的精致美学被搁置在一边。基罗加被认为是大师级的小说家，为后世作家所敬仰和模仿。

拉丁美洲的自然和人文图景是20世纪上半叶小说创作的背景，此时的小说视角广阔，以冒险题材为主。基罗加或许影响了其中一些小说家，但这些作品的美学宗旨与基罗加所秉持的颇为不同。它们普遍遵循19世纪现实主义的创作准则，对小说界现代主义的转向视而不见；多着眼于本国自然环境的独特性，尤其是地理上的特征，主张利用现有的资源进行创作。这些作家认为，土地（即自然）决定了各个国家的属性，是各国社会和政治命运的最终决定因素。因此，他们创作的小说被形象地称为"大地小说"。这些作家心中怀有一项人类学使命：通过研究民俗、方言、信仰、神话，甚至民间诗歌，探寻各自国家的文化，并对其做出全面的文化阐释。这些作家（多来自首都城市）还会主动去往乡间体察民俗（正如他们的前辈——风俗主义作家在19世纪所做的一样），但这一次，得益于社会科学的发展，他们采用了更为精巧的创作手法。

在现代拉丁美洲文学中，小说是各国，乃至整个拉丁美洲找寻文化身份的重要文学载体。这一趋势随着萨米恩托和罗多（及其《爱丽儿》的大获成功）而兴起。不久后，著名学者撰写了多篇相关论文，代表人物有多米尼加散文家佩德罗·恩里克斯·乌雷尼亚、秘鲁马克思主义者何塞·卡洛斯·马里亚特吉、墨西哥知识分子和政治家萨穆埃尔·拉莫斯等。这一趋势随着墨西哥诗人奥克塔维奥·帕斯的《孤独的迷宫》（1950）及古巴诗人何塞·莱萨马·利马的《美洲表达》（1957）达到高峰。帕斯通过精神分析的方法，将西班牙征服者埃尔南·科尔特斯视作野蛮的墨西哥之父，将其印第安情妇、翻译马琳切视作被蹂躏的墨西哥之母。这一分析被广泛传播，影响深远。

论文及其他体裁中关于探寻国家身份的主题虽略有降温,但在20世纪上半叶,依然是拉丁美洲文学主要的创作方向,尤其体现在小说中。这些作品包含很长的分析,貌似基于第一手的观察资料,如民族志那般(实际上,这些作家很少远离他们的故乡)。

对乡村的研究可能让人意识到,堕落城市的积弊需要清除,田园诗般的场景也不禁让人追忆起古典的旧时光。在很长一段时间里,"大地小说"在拉丁美洲大为盛行,此类小说在各国层出不穷。这一流派主要由三位作家引领,他们分别是里卡多·吉拉尔德斯(阿根廷,1886—1927)、何塞·欧斯达西奥·里维拉(哥伦比亚,1888—1928)和罗慕洛·加列戈斯(委内瑞拉,1884—1969)。

吉拉尔德斯早年居于巴黎,学习法语早于西班牙语。他是向先锋派过渡的重要人物,曾创办两份刊物《马丁·菲耶罗》和《船头》,为新一轮文学运动提供了主要阵地。他最重要的作品是小说《堂塞贡多·松布拉》(1926),凭借这部小说,他创造了一个阿根廷的文学神话,一个老高乔人的神话。小说可视作对阿根廷蓬勃发展的畜牧业的一曲颂歌(吉拉尔德斯家族就是借由畜牧业起家并富极一时的),主人公老高乔人堂塞贡多是草原上的智者,从常年牛仔般的游牧中习得一身本领,并将一切传授给一位从城市来的年轻人。

《堂塞贡多·松布拉》是一部成长小说、一部教育小说和一曲挽歌。它令人联想起何塞·埃尔南德斯的高乔史诗《马丁·菲耶罗》,特意介入了史诗中触及的关于阿根廷人性格的讨论。小说结尾，堂塞贡多骑马翻山离去，而叙事者，那个年轻人（已同他父亲一样，成为庄园主）写道，望着他离去的背影，自己无限悲伤。堂塞贡多对自己的这位高乔接班人说道："坚强点，孩子！"潘帕斯草原的生活，强健了阿根廷人的灵魂。但是《堂塞贡多·松布拉》的影响力超越了阿根廷本土，这不仅因为拉丁美洲读者都能够在主人公的民间智慧和坚忍性格中找到自己的影子，而且因为小说有诸多的美学价值，尤其是抒情性。

诗人里维拉一生漂泊，醉心于西语美洲现代主义中的颓废元素；他生命短暂，常为病痛折磨，创作了一部未被给予足够重视的小说《旋涡》（1924），他对此耿耿于怀。作为一名律师，他被派遣参与决断委内瑞拉与哥伦比亚国界线的纠纷，走入原始丛林探察情况。在那里，橡胶工人严酷的工作条件和生存环境深深地震撼了他。这段经历，或许还有欧洲探险家的著作（甚至康拉德的《黑暗的心》）成为他日后创作《旋涡》的灵感源泉。主人公阿图罗·科瓦与情人逃到了丛林，只找到了野蛮和疾病肆虐的世界。他在幻觉中写下了据称会成为这篇小说的文字。情节使他逐渐进入无法逃脱的热带地狱。最终，正如小说末尾所写的那样："林莽吞没了他们。"

里维拉极富想象力和浪漫主义情怀，擅于描摹野蛮的大自然，人物间冷酷无情的关系在他的笔下缓缓铺展。其中一位使出浑身解数试图引诱科瓦的迷人女性，给读者留下了尤为深刻的印象。主人公感觉自己正沿着一条向下的道路一路沦陷，脑海中对事物的判断完全失衡。《旋涡》与《堂塞贡多·松布拉》不同，后者更加理想主义，而前者对人物和自然的刻画更为残酷而现实。这部小说是在社会和政治层面上的一次反抗，在"大地小说"这一门类中另辟蹊径，创造出被称为"丛林小说"的子门类。

所有的"大地小说"中，最典型的当属加列戈斯的《堂娜芭芭拉》(1929)。《堂娜芭芭拉》是与拉丁美洲文学传统契合度最高、对后世创作影响力最深远的作品之一。加列戈斯通过塑造女主人公堂娜芭芭拉，留下了一个比吉拉尔德斯笔下的堂塞贡多·松布拉更广为人知的文学形象。小说的出版立即为加列戈斯赢得了国际声誉，这也是拉丁美洲的小说家第一次被世界文坛认可。加列戈斯曾任教师，他推行普及教育，是个自由主义者，他反对委内瑞拉独裁者胡安·维森特·戈麦斯（1909—1935年在任），因此被迫流亡美国、墨西哥等国。1948年，在短暂的民主时代，他当选为委内瑞拉总统；年内即被马科斯·佩雷斯·希门内斯的军事政变推翻，后者实行铁腕统治直至1958年。加列戈斯曾旅居古巴、美国和墨西哥，备受各国人民爱戴。在墨西哥，《堂娜芭芭拉》被改编成电影，由墨西哥女影星玛利亚·菲利克斯领衔主演。

长篇小说《堂娜芭芭拉》展现了拉丁美洲文化中的核心议题——文明与野蛮之争，这一冲突最早出现在萨米恩托的《法昆多》中。作者给女主人公取名"堂娜芭芭拉"，喻义不言而喻①；而男主人公名叫桑托斯·卢萨多（Santos Luzardo），"luz"有"光明"之意。堂娜芭芭拉是委内瑞拉大平原上一座牧场的女主

---

① "芭芭拉"（Bárbara）在西班牙语中意为"野蛮的、残暴的"。

人,但这座牧场是她通过巧取豪夺、侵吞他人资产,甚至利用美貌得来的(她因此有"男人杀手"的绰号)。卢萨多是这片土地的合法继承人,也是一名律师,为夺回土地从加拉加斯远道而来。他与堂娜芭芭拉之间的交锋,逐渐演变成爱情。他希望运用法律和带刺的铁丝网终结随意夺取牲口的不法行为,力挽地方当局的腐败局面,要回属于自己的财产。在堂娜芭芭拉手下的男人们眼中,他只是个没用的城里人,但他用娴熟的驯马技术征服了这群人。最终,他获得了胜利。

堂娜芭芭拉所代表的"野蛮"的吸引力是如此之大,这让加列戈斯笔下体现自由意识形态的男主人公相形逊色。无论如何,尽管小说中的人物设置略显平常,但主人公身上体现出的冲突颇具神话色彩,围绕牧场牲畜身上的烙印、带刺铁丝网圈住的土地而展开。法律在这些野蛮的事物面前似乎丧失了效力。《堂娜芭芭拉》历经时间洗礼,不断被一代代作家读出新的意味。尽管随后又陆续创作了一系列同样具有文学冲击力的作品,加列戈斯本人似乎对自己文笔的独特性并未察觉。

与"大地小说"相伴而生的,是墨西哥革命小说。墨西哥革命推动了拉丁美洲各国民族民主运动的发展,并由此催生出深具影响力的壁画艺术。墨西哥革命造就了一大批优秀的小说,从革命萌芽期开始,持续到20世纪四五十年代,甚至60年代。这些小说依然遵循着19世纪现实主义的写作方法,但将史诗般的革命历史事件融入其间。譬如,马丁·路易斯·古斯曼(1887—1986)创作了冗长的、类似纪事文学的小说《鹰与蛇》(1928)及《元首的阴影》(1929)，描摹了墨西哥革命及随后政局的混乱局面。墨西哥革命小说写作的佼佼者马里亚诺·阿苏埃拉(1873—1952)创作的《在底层的人们》(1915)，成为拉丁美洲文学的典范之作。

阿苏埃拉原本是一名医生，跟随潘丘·比利亚的分支部队，在胡利安·梅迪纳手下工作，成为一名战地医生。后来，他被流放至得克萨斯的埃尔帕索，在那里写下了《在底层的人们》。故事讲述了贫苦农民德梅特里奥·马西亚斯如何参与武装队伍，揭竿反抗联邦主义者维克托里亚诺·韦尔塔的故事。联邦主义者奸淫掳掠，无恶不作。马西亚斯的队伍也好不到哪里去。他们每攻克一座城镇，同样烧杀抢掠，将一切教条抛诸脑后。最后，马西亚斯终于意识到，自己的所作所为毫无目标可言，在一个著名场景里，他将自己比作被扔往山谷的一块石子，东弹西撞，最后免不了触底的命运。阿苏埃拉叙事娴熟，笔法冷峻，动作描写精湛到位。回到墨西哥后，他广受追捧，被授予各项文学荣誉。他的写作地位在墨西哥无人能及，《在底层的人们》与胡安·鲁尔福的《佩德罗·巴拉莫》并列成为墨西哥文学史上的两座高峰，在整个拉丁美洲文学界同样是佳作。

总体而言，此时的拉丁美洲小说受19世纪现实主义的约束过多：以第三人称叙述，采用全知全能的叙述者和资产阶级的视角，遵循尽力模仿和因袭、避免创新的写作宗旨，坚持一以贯之的线性叙述。冲出惯性牢笼的唯一方法，是让非主流的民间文化发声，在文字里引入巧合、不协调和噪声。这正是两位在巴黎碰头的拉丁美洲作家所做的：他们是危地马拉作家米格尔·安赫尔·阿斯图里亚斯（1899—1974）和古巴作家阿莱霍·卡彭铁尔（1904—1980）。阿斯图里亚斯在1967年获得诺贝尔文学奖，成为第一个获此殊荣的拉丁美洲小说家。

卡彭铁尔拥有法俄血统，出生于瑞士洛桑，但他一生都坚称自己出生于古巴哈瓦那——他的父母在他出生后不久定居哈瓦那，那里是他成长的地方。他是"非洲-古巴"运动的创立者之一，在他的推动下，古巴文化中的非洲元素得以在艺术中呈现，尤其是诗歌和音乐。卡彭铁尔本身受过音乐教育，同时对帕尔纳斯派先锋主义了然于心，撰写过音乐、绘画和文学方面的文章。他同时为"非洲-古巴"芭蕾和音乐剧创作剧本。他积极投身反对总统格拉多·马查多的政治运动：这位总统擅自修改宪法以延长任期，迫害异己，尤其是在校大学生。卡彭铁尔于1928年转战巴黎，在那里加入了安德烈·布勒东领导的超现实主义阵营，涉入了其中的一些争论。他仍不忘创作音乐剧，甚至写了一些糅入"非洲-古巴"元素的诗歌及一篇短篇小说（以法语创作和出版）。

在一部"非洲-古巴"风格的小说中，卡彭铁尔试图融入立体主义、未来主义和超现实主义的新元素。故事发生在哈瓦那城郊的一处黑人聚居区，人们以生产蔗糖为生。这是一部地域主义小说（大地小说），聚焦古巴的主要工业生产和乡村风貌。主人公梅内希尔多·古埃是个年轻的黑人，为争夺心上人杀死了另一个黑人，被判在哈瓦那入狱，随后在监狱里的一次非裔古巴帮派斗殴中丧命。情节的推进夹杂着时断时续的场景描摹，中间不加介词或任何过渡性连接，模仿了蔗糖工厂机器的沉沉轰鸣或仪式音乐的节奏。书中的黑人用自己特有的方言对话，作者选择用拟声词加以模拟。小说有一段极为详细的某一帮派入伙仪式的描写，甚至再现了仪式上所使用的物件和祭品。这部作品名为《埃古-扬巴-奥》（源自非洲的某种语言，意为赞美基督耶稣），有人种学论著的味道。小说最先在马德里的一家小型出版社出版，反响平平；成名后卡彭铁尔视其为一次失败的尝试。或许《埃古-扬巴-奥》的确不算成功，但它使拉丁美洲小说家的创作脱离了现实主义小说美学传统的桎梏。

相较之下，阿斯图里亚斯的运气则好得多，这或许是因为他沉淀了近二十年，才发表了自己的第一部小说《总统先生》（1946）。阿斯图里亚斯拥有玛雅和西班牙血统，童年经历了埃斯特拉达·卡夫雷拉总统暴戾的独裁统治，全家被迫从危地马拉城搬往乡下。在那里，他接触到了印第安文化；后来，阿斯图里亚斯在索邦大学系统学习了玛雅文化，真正了解了它。他从法语翻译了玛雅圣书《波波尔·乌》，并于1930年出版了短篇神话故事集《危地马拉传说》。后者大获成功，甚至请到保尔·瓦雷里作序。这部作品使阿斯图里亚斯蜚声世界，同时也再一次证明，拉丁美洲文学需要从自己的文化里吸收养分，发出有别于欧洲文学的声音。与基罗加的作品类似，这部杰作被认为是拉丁美洲短篇小说史上的一个转折点。与卡彭铁尔一样，阿斯图里亚斯也创作小说，故事基于埃斯特拉达·卡夫雷拉的独裁统治，融入了先锋派诗歌和艺术的创作手法（尤其是超现实主义）。《总统先生》问世后，几乎立即成为拉丁美洲文学的经典之作，也成为另一种文学子门类"独裁小说"的开山之作（当然，也有人将《法昆多》视为独裁小说的源头）。

《总统先生》的故事发生在一个不知名的国度。尽管小说基于埃斯特拉达·卡夫雷拉总统及其党羽的独裁统治写就，整本书却并未出现任何真实人物的姓名。这是一篇亦假亦真的作品，人物的性格被艺术放大，显得怪诞不经，但全书又有种假面舞会的氛围，一些场景看上去就像是一场噩梦。这一切都得益于作者精湛的语言功力：用词的刻意重复、同义反复，以及大量拟声词的运用。小说开篇写道："……发光吧，发出明矾之光，撒旦，发出你腐朽之光！"这是典型的超现实主义的写作技巧，让人联想到无意识的自动书写，或潜意识下的随意写作。书中的暴君十分残暴，像从巴洛克式"圣礼剧"中走出来的人物，各种罪行在这场寓言式的独幕剧中上演。书中有不少罗马天主教隐喻，大都以戏仿的方式处理。卡拉·德·安赫尔（意为"天使之脸"）为人狡猾卑劣，他身上兼有美貌与毒辣，惯于利用他人的性欲望为自己牟利。《总统先生》是一部根植于现实的作品，书中描绘的暴行没有明确的源头，暴行经常是无理由的、地方性的。暴虐在小说中似乎获得了某种美学张力，成为这个堕落的世界的一部分（这个世界嗜好暴虐，并在此过程中消耗了自己）。神话元素在阿斯图里亚斯的下一部小说，或许是他的代表作《玉米人》中更为突显，故事取材于玛雅文化，人物描写摒弃了现实主义的惯常写法。在这一点上，《玉米人》甚至赶超了《总统先生》。

20世纪60年代被视为拉丁美洲"文学爆炸"领军人物的五

位作家——豪尔赫·路易斯·博尔赫斯（阿根廷，1899—1986）、卡彭铁尔、胡安·卡洛斯·奥内蒂（乌拉圭，1909—1994）、奥古斯托·罗亚·巴斯托斯（巴拉圭，1917—2005）和胡安·鲁尔福（墨西哥，1918—1986）——与阿斯图里亚斯的写作手法一脉相承。必须说明的是，这群作家比他们的追随者更卓越。这尤其体现在博尔赫斯、卡彭铁尔和鲁尔福三人身上。奥内蒂和罗亚·巴斯托斯发现了现代主义写作，从中吸收了一些技巧。奥内蒂于1980年在西班牙荣获塞万提斯文学奖，这也是西班牙语世界的最高文学荣誉。他是拉丁美洲作家中最早视威廉·福克纳为自己的创作导师的。他最著名的小说是《造船厂》（1961），但《短暂的生命》（1959）同样为世人熟知，收获了广泛认可与好评。他的作品中常常出现多个不可靠的叙述者，从不同角度描述同一个故事。他还虚构了一座自给自足的圣玛丽亚小城。奥内蒂的作品有一种宿命感和毁灭感，令人联想到陀思妥耶夫斯基，甚至路易·费迪南·塞利纳[①]。

相较之下，罗亚·巴斯托斯的作品更具实验性，这尤其体现在他的代表作《我，至高无上者》（1974）中。他于1990年获得塞万提斯文学奖。在暴君阿尔弗雷多·斯特罗斯纳的迫害下，罗亚·巴斯托斯多年在外流亡，起先是布宜诺斯艾利斯，后来是巴黎。他心系巴拉圭瓜拉尼印第安人的苦难命运（其中很多印第安人不懂西班牙语），因此很多作品以西班牙对拉丁美洲的征服为

[①] 法国小说家、医生，他的小说总是在描述罪恶、混乱和绝望。

主题。在《我，至高无上者》中，罗亚·巴斯托斯遵循阿斯图里亚斯的独裁小说和萨米恩托《法昆多》的写作范式，聚焦于巴拉圭独裁者何塞·加斯帕尔·罗德里格斯·德·弗朗西亚（1814—1840年在任）。小说也是对巴拉圭本国总统斯特罗斯纳的有力影射。同时，这部作品也细致探索了写作与权力的关系，遵循的是20世纪六七十年代最前沿的文学理论。奥内蒂与罗亚·巴斯托斯的受欢迎程度，丝毫不输后来的"文学爆炸"作家。

鲁尔福是一个乐于隐居、不求闻达的作家，有一定的自我毁灭倾向，狂热追求艺术的完美和表里如一。他一生只出版了两本很薄的书，均大获成功。短篇小说集《燃烧的原野》（1953）是拉丁美洲短篇小说史上浓墨重彩的一笔，足以与基罗加、阿斯图里亚斯、博尔赫斯和卡彭铁尔的作品比肩。另一部小说《佩德罗·巴拉莫》（1955）则被很多人视作拉丁美洲最好的小说。故事背景是墨西哥革命（1910—1917）后的乡间。虚构小城科马拉（Comala，"comal"是墨西哥当地一种煎玉米饼的饼铛）被庄园主佩德罗·巴拉莫统治，他掌控着所有人的命运，唯有一件事情始终折磨着他，那就是他对苏珊娜·圣胡安的爱。他的儿子胡安·普雷西亚多回来寻父，在发现的一座乡村里，他听到了断断续续的讲述（有些是已经死去的人的独白），了解了祖先和这片土地的不幸。《佩德罗·巴拉莫》复杂、深刻且凝练，有着福克纳的影子，也有人读出了但丁《神曲·地狱篇》的味道。和福克纳笔下战后的美国南部一样，科马拉是经历了剧烈动荡后的墨西哥农村，这种动荡激发出了人性中的暴力。鲁尔福用文字无奈地勾勒出了这座死寂之城。

　　鲁尔福的叙事风格严酷刻板，与这座虚构小城的幽闭氛围及主人公们的态度相得益彰。科马拉是一块多石的区域。故事的最后，巴拉莫临死时，他的身躯像一堆石块轰然倒塌。在胡安·普雷西亚多寻父的过程中、在佩德罗·巴拉莫的父权式统治中、在土地与人的关系中，均暗藏着神话的隐喻。可以说，没有任何一种语言能够完美传递鲁尔福的语言，因为书中嵌入了太多墨西哥当地的、根植于古西班牙语的话语模式。恐怕只有普鲁斯特、乔伊斯和福克纳能够与鲁尔福一样，成功钻入自己语言的深处，创造出独特的文字和虚构的世界。

　　《埃古-扬巴-奥》出版后，卡彭铁尔直到16年后的1949年，才出版了另一部小说《这个世界的王国》。在那段时间，卡彭铁尔重塑了自己的创作理念，采用了一种新的写作手法，这种手法不仅给他带来了巨大的成功，更对后世拉丁美洲的小说创作产生了长远影响。他发现，拉丁美洲的历史非常适于融入本土文学创作，从大发现和西班牙征服时的文献，到藏有庞大历史文献的图书馆和资料库。在历史长河里，不乏各色人物（其中许多是小人物），小说家对他们的行为怀有最大的兴趣。卡彭铁尔在1946年出版的一本书里讲述了古巴音乐史，在为此书撰写所做的研究中有了这个重大发现。他同时发现，这些文献资料虽以古西班牙语写就，至今读来仍不乏可圈可点之处，适宜糅入当代行文之中。

　　《这个世界的王国》以海地革命为叙述背景。在海地，非洲与欧洲文化剧烈碰撞，卡彭铁尔"神奇的美洲现实"理论得以充分施展，随后发展为"神奇的现实"这一创作理念。在一幕冲突中，造反的黑人奴隶马康达尔被法国殖民军绑在火刑柱上活活烧死；黑人相信，通过某种神奇的魔法，马康达尔会变成一只大鸟，毫发无损地从火中飞走。不过小说的过人之处在于，全书基于复杂的数字结构，事件发生的日期，甚至章节数都蕴含深意。在自序中，作者表示，这种数字结构在写作中完全是无意识的，是神奇的美洲现实自发阐释的结果。尽管他在自序中对超现实主义大加批判，这种声明本身却是超现实主义的某种表现。20世纪40年代，卡彭铁尔还创作了一系列类似的短篇小说，随后于1958年结集为《时间之战》。这部小说集在20世纪60年代的新生代作家中备受推崇，成为魔幻现实主义短篇小说的典范之作。

及至1958年，卡彭铁尔出版了另两部风格迥异的小说《消失的足迹》（1953）和《追踪》（1956）。前者成为他最为著名的小说，一些评论家据此认为卡彭铁尔拥有了竞逐诺贝尔文学奖的资格。小说以第一人称叙述，主人公是一位知识分子——一位音乐家和作曲家，为了寻找原始乐器以证明自己关于音乐起源的理论，进行了一场深入南美丛林的冒险。主人公兼叙述者发现，人类无法与自然合一，无法与自然周期合一，而此前他宣称，这样的自然周期激发他创造了《这个世界的王国》中的数字体系。卡彭铁尔开始将政治发展进程视作历史的根基和叙事的模式。这成为他随后一部小说《追踪》的写作基础，这部小说讲述了一名学生积极分子背叛革命同志，被追捕和杀害的故事。写于1962年的《启蒙世纪》（英译本书名不幸被翻译成《教堂大爆炸》）则回到海地革命时期，但叙事背景更加广阔，包含了加勒比地区、法国和西班牙。

卡彭铁尔在20世纪40年代对自我的重塑，也许是因为他正好在那时阅读了对整个拉丁美洲影响最深远（尽管那时尚未有大名声）的作家博尔赫斯。博尔赫斯的作品促使卡彭铁尔在现代主义带来文坛剧变的同时，对小说创作的过程做出了全新的思考。因为他转向了历史小说，所以他并没有完全照搬博尔赫斯的风格，但博尔赫斯将自我影射和自我认知作为小说创作的根基，这对卡彭铁尔影响深远。与博尔赫斯相比，阿斯图里亚斯的创作显然更加本土化，与地域主义创作联系紧密。博尔赫斯则在兼顾阿根廷传统文学的基础上，通过短篇小说创作，抓住了创作的核心。

博尔赫斯的著名作品《杜撰集》出版于1944年，最先在文学刊物上发表；卡彭铁尔此前在哈瓦那、加拉加斯（1945年后）时可能读过。拉丁美洲的小说创作都应感激博尔赫斯——早在他个人蜚声世界之前，就已经对拉丁美洲的文学发展起到了不可忽视的推动作用。

博尔赫斯最先以诗人的身份创作。他本人是极端主义的奠基人之一，而极端主义是20世纪20年代的激进运动之一。博尔赫斯出生于布宜诺斯艾利斯一个较为显赫的世家，年少时酷爱读书，不爱交际，通过在家自学、在父亲的图书馆阅读、在学校和后来在瑞士进修，完成了完善的教育。在欧洲，他学习了德语和法语；与祖籍英国的祖母生活在同一个屋檐下，他的英语是在家里习得的。凭着对阅读的痴迷和挑剔，在30年代的布宜诺斯艾利斯,他成了一位小有名气的知识分子和作家。他同时也是拉丁美洲文学史上最重要的文学刊物之一《南方》的创办者和推广者之一。

尽管博尔赫斯在年轻时代有左翼倾向,但在后来的岁月中,他对政治运动逐渐失去兴趣,远离了军事独裁主义和共产主义。1944年出版的《杜撰集》和1949年出版的《阿莱夫》奠定了他作为阿根廷(乃至拉丁美洲)顶级作家的名望——尽管在整个欧洲,除法国外,他依然籍籍无名。直到1961年,他与塞缪尔·贝克特共同捧得福门托奖,才在世界范围内成为最具影响力的现代作家之一。

博尔赫斯作品中的元素总是带有鲜明的个人色彩:图书馆、迷宫、镜子、百科全书、其他书籍。博尔赫斯的主题也可谓标新立异:无限、游戏、系统、书一般的宇宙、克制的自谦和具有个人辨识度的智慧或才思——不仅体现在他的文字中,还体现在关于他的各类趣闻逸事中。博尔赫斯常常妙语连珠,他喜欢抨击俗气老套的语言、获得认可的价值观和声誉。博尔赫斯的风格有两个主要特点:坚持简洁和摒弃修辞。他笔下的西班牙语展现出一种英语式的精练。简洁、明了同时也是他的叙事和对待知识的方式的核心。最有野心的理论可以被浓缩成百科全书上的一个词条;他痴迷于百科全书,尤其是《大英百科全书》。他惯于运用数量惊人的形容词,仿佛世界万物正是由这层层属性而非本质堆叠而成;很多时候,形容词里包含了矛盾关系。

"博尔赫斯现象"对很多作家产生了深远影响:约翰·巴

思[①]、胡里奥·科塔萨尔、卡彭铁尔、加西亚·马尔克斯、伊塔洛·卡尔维诺、翁贝托·艾柯、莫里斯·布朗肖[②]、米歇尔·福柯、热拉尔·热奈特[③]和雅克·德里达。同时，博尔赫斯也以自己对经典作家（如荷马、但丁和塞万提斯）特有的阅读方式，回溯性地以写作致敬。高雅、玩笑和讽刺的怀疑，对不可捉摸的事物、谜语、拼图和迷宫的痴迷，以及对类型文学（如侦探故事）的喜爱，构成博尔赫斯的风格和思想最显著的特征。这些特征共同构成一套关于写作和阅读的理论，这与约翰·巴思所倡导的后现代主义主张不谋而合：这种文学是一种可读性强的文学，它并不否认现代主义及其对19世纪虔敬言辞的摒弃，但又有所超越。后现代主义文学明确表明了自己虚构文学的身份并展现了自己的文学构成，杰出代表是卡尔维诺和加西亚·马尔克斯。

博尔赫斯在1961年成功攫取了世界的目光，两年后胡里奥·科塔萨尔出版了《跳房子》（1963），这本书触发了拉丁美洲的"文学爆炸"。博尔赫斯、科塔萨尔和20世纪60年代众多杰出的新生代作家，共同活跃在文学舞台的中央：加夫列尔·加西亚·马尔克斯（哥伦比亚，1927—2014）、卡洛斯·富恩特斯（墨西哥，1928—2012）、马里奥·巴尔加斯·略萨（秘鲁，1936— ）、何塞·多诺索（智利，1924—1996）、何塞·莱萨马·利马（古

[①] 美国后现代主义小说家，代表作有《漂浮的歌剧》《迷失在游乐场》《安息日传奇》等。
[②] 法国著名作家、思想家。他的作品和思想对萨特、福柯、罗兰·巴特、德里达等都影响深远。
[③] 法国文学理论家，既是法国结构主义新批评的代表人物，也是欧洲经典叙述学的奠基人和重要代表，代表作有《辞格三集》《新叙事话语》《虚构与行文》等。

巴，1910—1976）和吉列尔莫·卡夫雷拉·因方特（古巴，1929—2005）。科塔萨尔（1914—1984）和博尔赫斯同为阿根廷人，最初的作品发表于《布宜诺斯艾利斯编年史》刊物（巧的是，该刊在20世纪40年代后期由博尔赫斯运营），他本人也深受博尔赫斯创作风格的影响。但科塔萨尔和多数其他作家与博尔赫斯最显著的区别，体现在对待政治的态度上，尤其是对待古巴革命的态度。古巴革命于1959年获得成功，成为拉丁美洲文学关键的推动因素之一。

一场古巴革命使拉丁美洲成为世界目光的焦点。这个世界比以往任何时候（包括第二次世界大战时期）联结得都更为紧密，大众媒体（尤其是电视）联结了全世界。卡斯特罗推翻富尔亨西奥·巴蒂斯塔政权后面向大众演说的画面，无延时地进入全世界人民的视野。画面中这位留胡须的年轻革命家带领一群杂牌军打败了政府的正规军（其中还出现了阿根廷人埃内斯托·"切·"格瓦拉的身影，他的影像和话语像卡斯特罗的一样广为流传）。卡斯特罗和切·格瓦拉共同象征了一种拉丁美洲闻所未闻的政治理念和军队思想，它是那样自由，与军装整齐、昂首阔步的将军形象所代表的"官方"相去甚远。卡斯特罗及其团队似乎与任何已有的政治团体都不同。他们迫切希望取得本岛的独立并建立共和制。他们的革命是一场民族主义者的革命，与阿尔及利亚等国为挣脱殖民主义桎梏所进行的努力颇为相似。革命之火熊熊燃烧，古巴革命由此被视作世界范围内反帝运动的先锋。

古巴革命就像新纪元黎明的一道曙光，知识分子和艺术家纷纷投身其中。欧内斯特·海明威当时住在哈瓦那附近，似乎也短暂地被这种情绪所感染。让-保罗·萨特很快访问了古巴。自1945年起一直居住在加拉加斯的卡彭铁尔，也搬回哈瓦那居住。聂鲁达也造访了古巴。随后，加西亚·马尔克斯、富恩特斯和巴尔加斯·略萨也纷纷前往古巴。古巴首都随即成为拉丁美洲文学的中心，甚至成为"第三世界"文学的中心。

新政权充分利用这一形势，创立了不少文化机构及刊物来宣传革命热情。其中《革命报·星期一》是一份每逢星期一刊发的小报，由官方报纸《革命报》印发，并由此得名，订阅人数空前。报上刊载了大量古巴及世界各国各类作家的作品，负责人为令人瞩目的新人作家吉列尔莫·卡夫雷拉·因方特，他本人曾为20世纪50年代著名周刊《卡特尔》撰写影评。

旗下拥有同名刊物的"美洲人之家"，是一个旨在团结拉丁美洲知识分子和艺术家的文化组织。它举办文学探讨会，分不同体裁颁发文学奖项，并积极邀请文学界和其他艺术界人士访问哈瓦那。（如自《美洲人之家》刊物第26期，即1964年起，开始刊登阿莱霍·卡彭铁尔、胡里奥·科塔萨尔、胡安·卡洛斯·奥内蒂、埃内斯托·萨巴托、卡洛斯·富恩特斯、马里奥·巴尔加斯·略萨、胡安·戈伊狄索洛、伊塔洛·卡尔维诺、阿兰·罗伯-格里耶等人的作品。）由此，作家联盟形成了，并开始颁发奖项。"非洲-古巴"风格诗人尼古拉斯·纪廉被推举为主席。所有这些文学活动都没有白费：哈瓦那成了当时拉丁美洲艺术和文学的中心，与巴黎、巴塞罗那、布宜诺斯艾利斯和墨西哥城遥相呼应（甚至更胜一筹），因为这群文学家和艺术家之间形成了政治上与美学上的同志情谊。

当卡斯特罗的政权逐渐稳固，并开始对苏联表现出亲密倾向时，对其文化政策的热情渐渐减退。1961年，《革命报·星期一》在一次国家图书馆会议后宣布停刊。卡斯特罗宣布，革命范畴内的一切都将大力推行，而与革命精神背道而驰的则一律禁止。数千名疑似同性恋者被送往集中营，其中就有不少艺术家。古巴开始在全国范围内驱逐持不同政见者，其中就包括卡夫雷拉·因方特。1967年，诗人埃维尔托·帕迪利亚凭借作品《游戏之外》获得官方授予的文学奖，却在其后遭到谴责并锒铛入狱。这些事件在知识分子和艺术家中激起了不满，很多人就此与卡斯特罗决裂。但其他一些作家，如加西亚·马尔克斯和科塔萨尔，依然坚定地站在卡斯特罗政权一边；卡彭铁尔也是如此，他后来还曾担任古巴驻巴黎使馆文化专员，因而可以安逸地观察国内的纷争，避开了哈瓦那正在变得不利的生存状况。

聂鲁达因在纽约参加了一个笔友俱乐部的聚会而被哈瓦那的文化政治委员抨击；他在愤怒之下，决心远离卡斯特罗政权。在后来的自传中，他不无嘲讽地提到了卡斯特罗政权的一些拥护者，其中包括卡彭铁尔。在塞沃罗·萨杜伊、雷纳尔多·阿里纳斯、安东尼奥·本尼特兹·罗霍、帕迪利亚等一批作家流亡后，1959年后兴起的这个由年轻（或并不太年轻）的作家组成的群体逐渐走向衰微。莱萨马·利马毕生在哈瓦那生活，受到文化当局的排挤。纪廉去世后，作家协会的领导者逐渐由一些声名并不卓著的人士接任。但古巴革命最初对古巴和拉丁美洲文学的影响是深远的，随后小说界的"文学爆炸"就是其中之一（尽管富恩特斯和巴尔加斯·略萨早年就远离了古巴政权）。

在哈瓦那文化发展的同时，乌拉圭评论家埃米尔·罗德里格斯·莫内加尔在巴黎创办了一本全新的文学刊物《新世界》，聚集了一个即将奔赴哈瓦那或已放弃前往哈瓦那的作家群体。巴尔加斯·略萨、加西亚·马尔克斯、埃内斯托·萨巴托、奥克塔维奥·帕斯、克拉丽丝·李斯佩克朵、萨杜伊、曼努埃尔·普伊格（一颗冉冉升起的阿根廷文坛之星）等作家纷纷在《新世界》上发表作品。这本刊物兼收并蓄，文学品质极高，更不用提它的发刊地巴黎就是"新小说"运动的重要基地。《新世界》刊物还发表了帕斯的诗作，另有乌拉圭作家胡安娜·德·伊瓦若、墨西哥作家霍梅罗·阿里德吉斯、委内瑞拉作家吉列尔莫·苏克雷和智利诗人尼卡诺尔·帕拉的作品。

与拉丁美洲的"文学爆炸"同时发展的，还有一个杰出的诗人群体。在冷战的对立情绪和对《新世界》大获成功的嫉妒心理下，古巴文化当局宣称该刊受到美国中央情报局的秘密资助（事实上，古巴政府也接受了苏联的资金支持）。《新世界》的确接受了美国资金的支持，其中也可能包含来自中央情报局的资金，但这本文学刊物在甄选文章时并未由政治因素左右。刊物刊有巴勃罗·聂鲁达和埃内斯托·卡德纳尔的诗歌——前者是最先声明共产主义倾向的作家，后者随后成为尼加拉瓜桑地诺主义①的代表人物。《新世界》所刊登的文学作品和评论，包括它的负责人的文学作品和评论，都在拉丁美洲文学史上留下了浓墨重彩的一笔，对拉丁美洲新小说风格的出现和传播起到了决定性的作用。

科塔萨尔的父母都是阿根廷人，他出生于比利时布鲁塞尔，在阿根廷长大，在师范学校研修文学并成为一名教师。从1952年起直到去世，他生活在巴黎，受聘于联合国教科文组织的翻译部门。他的童年在比利时度过，后来常居法国，因而他说西班牙语时总带有法语的喉音"r"。科塔萨尔身高一米九几，绅士味十足，以短篇小说为主要创作方向。1963年发表《跳房子》前，他已经创作了3部短篇小说合集：《动物寓言集》（1951）、《游戏的终结》（1956）和《秘密武器》。科塔萨尔喜欢探究天马行空和难以解释的东西，比博尔赫斯更甚。他笔下的主人公往往是欧洲的年轻人，他们常常面对神奇的情景：一篇小说中，主人公前往巴黎一座水族馆，细细观察一只美西螈（一种墨西哥蝾螈），最后变成或发现自己就是一只美西螈；另一篇小说的主人公不停地从口中吐出兔子。科塔萨尔成名后，带着极大的热情投入了左翼事业，作为一名懂多国语言、受多重文化熏陶的作家，他可以轻易融入20世纪60年代的反主流文化。

《跳房子》甫一出版便大获成功，极为畅销，英文版由格雷戈里·拉瓦萨翻译并于1966年获美国国家图书奖。这是一部大部

---

① 由尼加拉瓜民族英雄桑地诺倡导的反美的民族革命思想。

头的作品,足有600余页,看上去有些令人望而却步。然而,书前有一份"阅读指南",为读者提供了若干种阅读顺序,以及在155个章节中阅读或放弃哪些的建议(显然,以不同顺序阅读时,其中某些章节可以被"略过")。科塔萨尔称其为一本"反小说"。

正如书名所暗示的,《跳房子》的阅读过程像是在玩一场游戏,众多短小的章节中常包含报刊文论,如有一篇是从伦敦《观察者》刊物中摘录的,讲述的是男孩的裤子拉链卡住私处的危险。一些章节包含了对其他作者作品的引用。一个章节是完全的胡说八道。一些章节包含了书中人物莫雷利对文学的反思(莫雷利是作者的化身,尽管主人公奥拉西奥·奥利维拉的身份也是一名作家)。可略去的章节为主线提供支撑,而全书的故事情节走的是传统的叙事路线。故事的核心是奥拉西奥对情人露西亚(也就是拉玛加,一个奇怪的女人)的念念不忘,后者是真理的象征。小说开篇即为:"我能找到拉玛加吗?"两人都居住在巴黎,常同一群年轻人在长蛇俱乐部聚会,虽然他们已经不算年轻人了。

小说分为三大部分,其中"在那边"描写在巴黎的生活;"在这边"描写在布宜诺斯艾利斯的生活;"在其他地方"是可以省略不读的章节。奥拉西奥回到布宜诺斯艾利斯,重逢昔日老友特拉维勒(这位老兄除了名字之外,从不出门旅行[①])。特拉维勒与妻子塔丽塔同在马戏团工作,过着平凡的生活。然而,马戏团主把马戏团变卖后买了一所疯人院,他们便一同转去那里工作。奥

---

① "特拉维勒"为音译,意为旅行者。

拉西奥重新发现了他对拉玛加的痴恋，在塔丽塔身上看到了恋人拉玛加的影子；于是，三人间产生了一种奇妙的三角关系。一幕中，奥拉西奥认为自己看到了拉玛加在院子里玩跳房子游戏，而事实上，此人却是塔丽塔。在跳房子游戏里，玩家必须通过投掷沙包跳过一个个小方块到达终点。跳房子有时也被称为"天堂游戏"，是对"生命这场游戏"最恰当（或许恰当得有点过分）的比喻，也很好地象征了奥拉西奥的探寻。他于是开始在自己和特拉维勒之间建造一条精巧但又不太靠谱的"防线"，以防止后者的报复。故事末尾，奥拉西奥在两幢楼之间搭设了一座并不稳固的桥，随时准备跳下。但最终结局如何，作者没有阐明，留下了一个悬念。

正如《跳房子》的副线是一段常规的浪漫故事一样，科塔萨尔的诉求与很多阿根廷当代作家（如爱德华多·马叶亚和埃内斯托·萨巴托）的一样，是在散文、诗歌、短篇小说和长篇小说中努力找寻自我身份。也许《跳房子》试图向我们传达的是，嬉戏的风格和幽默的态度是阐释人类困境最有效的方式。与《堂吉诃德》一样，《跳房子》值得在文学史上被大书特书，尽管这部长篇小说渐渐被人们抛诸脑后，而科塔萨尔现在主要以短篇小说家的身份被世人认可。

20世纪50年代，加西亚·马尔克斯同样在巴黎旅居，时任哥伦比亚报纸驻当地的记者，断断续续领着微薄的薪水。加西亚·马尔克斯出生于哥伦比亚小城阿拉塔卡拉，他很早就放弃了法律专业的学习，成为一名自由写作的记者和作家，居住在令他醉心的加勒比海滨城市卡塔赫纳。在代表作《百年孤独》（1967）出版前，他已出版了两部长篇小说《枯枝败叶》（1955）和《恶时辰》（1962），以及一部中篇小说《没有人给他写信的上校》（1961）。早期的长篇小说后来也得到了重视，但文学性相对一般。中篇小说《没有人给他写信的上校》是部佳作，其中首次出现了小镇马孔多，后来成为《百年孤独》中著名的故事背景。加西亚·马尔克斯还曾短暂造访过古巴，并担任卡斯特罗政府新闻机构（"拉丁美洲社"）驻纽约的记者。加西亚·马尔克斯与卡斯特罗的联系一直很紧密，到此时已超过半个世纪。[①]

1982年，加西亚·马尔克斯获得诺贝尔文学奖，这使他成为世界关注的焦点。他终于可以在巴黎、墨西哥城和哈瓦那（由感激的政府提供）拥有自己的公寓或房子。他笔耕不辍，出版了独裁小说《族长的秋天》（1975），中篇小说《一场事先张扬的谋杀案》（1981）和充满野心的《霍乱时期的爱情》（1985）。1989年《迷宫中的将军》面世，讲述了西蒙·玻利瓦尔的故事；1994年《爱情和其他魔鬼》出版；这两部作品均反响热烈。他以新闻报道风格写就的《绑架逸闻》（1996），描述了哥伦比亚可怕的政治环境，但反响平平。2004年出版的"老少恋"题材的《苦妓回忆录》也备受争议，这部作品似乎也从侧面证明了加西亚·马尔克斯创作力的衰竭。

《百年孤独》的故事发生在丛林里一座虚构的小镇马孔多，

---

① 本书英文版出版于2012年，当时加西亚·马尔克斯和卡斯特罗均在世。加西亚·马尔克斯于2014年去世，卡斯特罗于2016年去世。

围绕着布恩迪亚一家的百年兴衰史展开。尽管马孔多周围发生的一系列历史事件，如内战、美国联合果品公司的侵入及剥削、对罢工香蕉工人的镇压和屠杀，都可以在哥伦比亚的历史上找到，但这座小镇的历史更像是整个拉丁美洲历史的缩影：从航海大发现时期，到西班牙征服时期，再到20世纪早期。甚至有人认为，时间开始时万事万物都还没有名字，一切似天堂一般，而后整个布恩迪亚家族由于某种原罪开始兴起，马孔多的故事就是一部人类史。在带领全族走出蛮荒、孕育一代又一代血统错综的家庭的族长身上，有一种《旧约》式的人格魅力。

小说最为人赞叹之处，是加西亚·马尔克斯如何将这些宏大的、传奇的、寓言式的或神话般的故事与点滴流逝的时间、布恩迪亚一家琐碎细微的日常，以及马孔多日常的生活相融合。另一个显著的特点是叙事者的口吻，叙事者似乎就站在人群中，他与他们一样相信超自然神明的存在。在这样的口吻下，随处都是暗含讽喻的夸张，因为人、物和事件不可能那么大、那么多，持续得那么久。从这个意义上说，《百年孤独》是一部极富阅读趣味的作品。另一个反讽元素是特定事件、性格和影射下的文学性极强的人物，以及整个虚构世界里谨慎和有效描绘的自然场景，像极了钟表匠或珠宝匠手中的精美物什。倘若博尔赫斯没有去写短篇小说《特隆，乌克巴尔，奥比斯·特蒂乌斯》，而是去创作一部真正的地方主义小说（而非仿作），或许就是《百年孤独》的样子。

在所有"文学爆炸"作家中，富恩特斯是最富世界性的一位。他出生于巴拿马（而非墨西哥），父亲是一名外交官。他跟随父亲先后在华盛顿和智利圣地亚哥生活，并在墨西哥大学和日内瓦求学。他的英语如母语般流利，法语也相当熟练。富恩特斯在墨西哥复杂诡谲的政坛上十分活跃，曾任外交官（驻法国大使）和国内外要事评论员（并饱受争议）。他创作的小说和大量的散杂文及报刊文字中，展露出对墨西哥身份问题的关注。早期作品中能够看到帕斯《孤独的迷宫》的影子，并且在他的整个创作生涯，他都对艺术、哲学和评论界的各种趋势和潮流保持密切关注。

从某种意义上来说，法国思想家米歇尔·福柯和雅克·德里达对富恩特斯影响颇深，富恩特斯还受到了西班牙文化历史学家亚美利哥·卡斯特罗的影响。亚美利哥·卡斯特罗认为，阿拉伯和犹太文化在西班牙的历史演变进程中起到了关键作用，富恩特斯也认同这一观点，特别是在关于塞万提斯的文章中。他时刻关注最新趋势，对政界和艺术界新人多有扶持。与巴尔加斯·略萨和加西亚·马尔克斯一样，他很早就支持古巴革命，在哈瓦那住过一段时间，并从卡彭铁尔的写作中汲取了很多养分（事实上，富恩特斯于1962年发表的最著名的小说《阿尔特米奥·克罗斯之死》中，就有卡彭铁尔的影子）。后来，随着前文提到的帕迪利亚事件，富恩特斯与卡斯特罗决裂。另一部小说《奥拉》也发表于1962年，是对亨利·詹姆斯《艾斯朋遗稿》的致敬，成为富恩特斯最为杰出的作品之一。

《阿尔特米奥·克罗斯之死》参照了卡彭铁尔《回归种子》的叙事结构，采用倒叙手法，从阿尔特米奥的临终时刻一路回溯至他的出生。主人公阿尔特米奥非常有权势，非常富有，在墨西哥革命后通过欺诈和强迫手段侵占了大片土地。作为曾经的军官，他利用自己的影响力哄骗他人听从他的吩咐，控制报刊舆论、经济行为和革命之后的腐败政局。富恩特斯小说的灵感来源之一，是奥逊·威尔斯的经典影片《公民凯恩》——根据报业大亨威廉·朗道尔夫·赫斯特的人生所创作。但是，富恩特斯在其中加入了自己的创新，用三个不同角度的声音来讲述故事（阿尔特米奥即"我"，以及"你"和"他"），造成一种三个声音存在于一个人的潜意识中的阅读体验——先是出现在阿尔特米奥危卧病榻时（这里也有向福克纳的小说致敬的意味），随后在主人公经历关键转折点时出现。在当时的西班牙语文坛，这样的写作手法极为罕见，有助于从多角度侧面展现主人公的性格。富恩特斯的作品比科塔萨尔的《跳房子》早一年出版，但在主题或创作手法上都没有引起那么大的非议，也未在读者中激起那么大的反响。但是，《阿尔特米奥·克罗斯之死》的叙事背景在拉丁美洲人尽皆知：墨西哥革命。小说沿袭了古斯曼、阿苏埃拉和鲁尔福的叙事传统。小说出版时因为古巴，革命的话题非常流行。

尽管在《我们的土地》（1975）出版之前，富恩特斯还出版了《换皮》（1967）、《神圣的地区》（1967）和《生日》（1969），但这些都不及《我们的土地》这般野心宏大——不仅于20世纪70年代，于富恩特斯的整个写作生涯也是一部鸿篇巨制。作品通过三个主要文学形象（堂吉诃德、唐璜和塞莱斯蒂娜）来探究西班牙文化。在某种层面上，富恩特斯遵循了詹巴蒂斯塔·维柯的思维方法,通过文化中的故事来研究文化。书中还有其他一些传奇人物:如费利佩二世、叛徒安东尼奥·佩雷斯、流浪汉古斯曼·德·阿尔法拉切,甚至还有贡戈拉《孤独》中遭遇海难的无名者。《我们的土地》试图将社会生活的一切囊括其中。在这里,塞万提斯是一位编年史家,并逐渐变成卡洛斯·富恩特斯;费利佩二世则变成弗朗西斯科·佛朗哥。所有历史上留下重要痕迹的人物,都会在未来重现。他们都通过"自己"的话语发声。作品末尾,拉丁美洲当代小说中的人物也出现了。

富恩特斯作品的思想基础,来源于亚美利哥·卡斯特罗关于"西班牙文化分裂"的理论。该理论认为,由于中世纪伊比利亚半岛上三种不同宗教之间长期摩擦而产生的社会分层,西班牙文化产生了自我冲突。天主教双王[①]在统一西班牙时,并没有从根本上解决这一矛盾,他们在格拉纳达击溃了摩尔人,并驱逐了犹太人。正在此时,哥伦布发现了新大陆。新大陆发生的一切只会是旧大陆的历史重演;在那里,一切旧有的缺陷和纷争都将卷土重来。

巴尔加斯·略萨是"文学爆炸"中最年轻的一员主将。他在玻利维亚和秘鲁的乡村长大,幼时的成长经历在他后来的多部重要小说中有所呈现。年轻时,他搬去利马居住,师从历史学家劳尔·波拉斯·巴雷内切亚,并开始了记者生涯。很快,他就展示出短篇小说创作的天赋,并获得了一个文学奖项。这段经历

---

① 指斐迪南二世和伊莎贝尔一世,两人的联姻在政治和军事上都极为成功,摩尔人被驱逐出西班牙,促成了西班牙的统一。

图6 秘鲁作家马里奥·巴尔加斯·略萨，2010年荣膺诺贝尔文学奖

使他有机会来到巴黎，这里的文艺气息和艺术氛围令他痴迷。时值20世纪50年代，萨特和加缪受到追捧。1962年，巴尔加斯·略萨刚满22岁，凭借首部长篇小说《城市与狗》一举获得著名的塞依斯·巴拉尔文学奖。小说的背景是利马的一所军校，小说描述了军校士官生之间残暴的争吵、对弱小者的霸凌和军校中腐败的当权者。有评论家指出，小说批评了秘鲁军事独裁当局，而巴尔加斯·略萨也因此避居欧洲，只在后来访问了革命热情高涨的古巴。

1965年，他出版了一部更加大胆和更具野心的小说《绿房子》：书名得名于一所妓院，小说中的场景多设置于此。鲍妮法西娅最初是要当修女的，后被诱骗成为绿房子里的头牌塞尔瓦蒂卡。1967年，这部小说获得委内瑞拉第一届罗慕洛·加列戈斯文学奖（该奖日后成为拉丁美洲重要的文学奖项，得奖者还包括加西亚·马尔克斯和富恩特斯）。巴尔加斯·略萨不仅得以在罗德里格斯·莫内加尔创办的著名文学刊物《新世界》上刊登文章，后者还亲自撰文赞颂。其时，巴尔加斯·略萨是"文学爆炸"中风头最劲的一位作家。几乎与此同时，他与许多其他作家和知识分子一起，与卡斯特罗政府决裂。后来，他一直坚定地对卡斯特罗政府进行批评。

在经历了20世纪六七十年代的大获成功之后，巴尔加斯·略萨并没有停下手中的笔。2000年出版的《公羊的节日》讲述了多米尼加共和国独裁者特鲁希略的故事。但这仍只是他众多成功作品中的一部。巴尔加斯·略萨是一位多产的作家，一个流畅和独特的叙述者，沿袭了巴尔扎克和佩雷斯·加尔多斯的创作风格。他出版的小说种类之多，令人咋舌：滑稽小说《胡利娅姨妈与作家》（1977）中有一位肥皂剧作家将他正在创作的几个故事的情节相混合；《世界末日之战》（1981）描述了在19世纪的巴西，一帮宗教狂热分子试图在卡奴杜斯建立一座城市，而巴西政府下令派兵围剿的故事——故事雏形源自巴西经典文学作品《腹地》（作者尤克里德斯·德·库尼亚，出版于1902年）。《世界末日之战》可称得上是巴尔加斯·略萨的代表作，读来如一部交响乐；德·库尼亚作为小说中的人物出现，深入探讨了他最为关切的暴力、英雄主义和犯罪。2010年，巴尔加斯·略萨获得诺贝尔文学奖，可谓实至名归。

"文学爆炸"中，还有一位较为低调的智利作家何塞·多诺索

（1924—1996）。他曾求学于普林斯顿大学，执教于艾奥瓦大学写作中心。他的英语非常流利，精通美国小说。实际上，他的第一部作品就是以英语写就的。多诺索最著名的小说有《加冕礼》（1957）、《没有界限的地方》（1967）和《淫秽的夜鸟》（1970）。他还撰写了一部关于"文学爆炸"史的回忆录《"文学爆炸"亲历记》（1977）。《加冕礼》的发表时间早于"文学爆炸"，是一部詹姆斯式的小说，用怪诞的笔触描述了智利的资产阶级，其时多诺索的风格已初见端倪。

《没有界限的地方》的背景是一所妓院。小说讲述了一位有钱有权的同性恋者使一个妓女怀孕的故事。《淫秽的夜鸟》是多诺索所有作品中最具实验性、最复杂、最令人困惑的一部，主题触及疯癫和身份的缺失。这部巨作可谓多诺索文学生涯的巅峰之作，作家称自己写作时甚至要丧失了理智。关于 imbunche[①] 的印第安神话完美诠释了书中虚构的世界，这个怪物在小说中出现，小说中的受害者身上所有的孔都被缝上，被变成一个怪物。多诺索的叙事也同样具有密封和独立性，像一个令人目眩的微观世界。在创建这样一个令人窒息的真空叙事环境时，作家展现了高超的写作天赋。他大半生都流亡墨西哥、美国和西班牙，对皮诺切特政府持批判态度，直到最后才返回祖国智利。

古巴作家何塞·莱萨马·利马（1910—1976）或许与"文学爆炸"的关联要弱一些。尽管莱萨马是一位博学的诗人，但他可

---

① 智利民间传说中一种半人半兽的怪物，相貌骇人，在巫师聚会时为他们看守山门。

能是这群作家中最根植于本土的一位——和其他"文学爆炸"作家相比,他不曾周游世界,除西班牙语外不懂其他语言。尽管如此,他的小说《天堂》(1966)出版后,非议纷至沓来,还有震惊和崇拜。非议由小说中关于同性恋行为的详尽描述所引发,加上作者本人对卡斯特罗政府持中立态度,这部小说出版后一半的印量被当局没收。对这部作品的惊喜和赞许,正是来自作品对同性关系的直白描摹,以及作品本身令人震撼的独创性。科塔萨尔曾在一篇广为流传的文章中,直抒自己的钦佩之情。

《天堂》是一部冗长的成长小说,令人联想起乔伊斯的《一个青年艺术家的画像》,但更为丰满;在对哈瓦那的细节描摹和语言使用方面更贴近《尤利西斯》。莱萨马的小说语言与诗歌语言一样缜密,引经据典,不顾语法,喜用修辞。《天堂》是一部深刻的作品,创造了自己独特的话语结构,对人性中最深层次的问题给出了自己的回答。由于莱萨马不喜旅行,卡斯特罗政府又禁止他出境,同时作品本身并不通俗易懂(不能被简单归于传统的现代主义),《天堂》并没有像加西亚·马尔克斯、富恩特斯或巴尔加斯·略萨的作品那样广为流传。即使如此,这批作家非常清楚,尽管这位文学大师一直待在故乡哈瓦那,却可能比他们中的所有人都更为优秀。

另一个"文学爆炸"中的"异类"是古巴作家吉列尔莫·卡夫雷拉·因方特(1929—2005),他最著名的作品是颇具实验性和滑稽性的小说《三只忧伤的老虎》(1966)。他早年支持卡斯特罗政府,后期站在了它的反面。小说颇得乔伊斯真传,大量运用独白、哈瓦那土语和人物之间拖沓的长篇讨论；背景设定在20世纪50年代后期的古巴首都，描绘了影视和娱乐圈中的红男绿女。同时，小说还显露出科塔萨尔《跳房子》式的风格。

整部小说就是一部社会通俗剧；大部分人物来自乡下，生活拮据，这些穆拉托人或黑人游走在绝望和失败的边缘，想要变得世故和有才华。其中一个人物巴斯特罗菲登在故事开始前就已经死去，他拥有一种异于常人的文字能力；其他人拥有他录制的磁带，他在磁带中戏仿古巴知名作家，听上去他们仿佛在讲述托洛斯基之死一般。这些戏仿的文字游戏非常精妙；实际上，穿插全书的文字游戏都令人拍案叫绝。不仅如此，小说开篇时夜总会主持人介绍了稍后会出现的一些人物，因此整部小说也可以被看成是一场夜总会大戏，而世界就是舞台。卡夫雷拉·因方特是在《新世界》刊物上发表作品的年轻作家之一，他侨居伦敦多年，并于伦敦去世，因为国家政局的动荡，他只能在流亡中度过余生。

"爆炸后"一代中的领袖作家，是来自古巴的塞沃罗·萨杜伊（1937—1993）和来自阿根廷的曼努埃尔·普伊格（1932—1980）。与卡夫雷拉·因方特一样，两人也都在《新世界》刊物上发表文章。萨杜伊的作品具有高度的实验性，从许多方面来说，很多作品可以视作对"文学爆炸"小说家作品的戏仿。20世纪60年代起，他是最先逃离卡斯特罗政府的作家之一。在巴黎，他加入了著名的语言文学理论团体"太凯尔"[①]，该团体有自己的期

[①] 1960年由索莱尔、法叶等人在巴黎创办的先锋派文学理论团体，他们主张对文艺的作用及语言进行结构分析，并提倡所谓的"创造性"阅读方法。

刊,聚集了大量结构主义者和后结构主义者。萨杜伊是拉丁美洲唯一真正投身"太凯尔"事业的知识分子(尽管该团体的理论对帕斯和富恩特斯的创作也产生了一定的影响)。由于该团体理论的渗透,他的作品变得复杂难懂,但同时也展现出高度的独创性和深刻性。《歌手们是何处人》(1967)和《弥勒菩萨》(1978)是萨杜伊的代表作,尽管很难像加西亚·马尔克斯或富恩特斯的作品那样被大众阅读和接受,但由于独特的创作手法,它们也将成为拉丁美洲文学史上的重要作品。

普伊格着迷于大众媒体,尤其是电影对普通人和文学的影响。《丽塔·海华丝的背叛》(1968)的小说背景是一个虚构的阿根廷小镇,与"文学爆炸"时期的作品一脉相承,足以与它们媲美。《蜘蛛女之吻》则另辟蹊径,可以称得上是一部大师级的独创性作品。故事发生在阿根廷的一座监狱,一个政治犯和一个同性恋者被监禁于此,后者试图通过讲述自己看过的电影片段以达到引诱前者的目的。作品虽然具有高度的原创性,但文风自然,明朗易读。小说还曾被翻拍成经典电影。萨杜伊和普伊格这两位早年成名、前途无量的作家都因罹患艾滋病早早离世,这也使得从"文学爆炸"到"爆炸后"的文学传承变得步履维艰。另一位因同样原因去世的古巴作家雷纳尔多·阿里纳斯(1943—1990)才华横溢,因性取向数次入狱,后通过马列尔偷渡事件[①]流亡海外。他留下了不少传世作品,如《令人迷惘的世界》(1966),重

---

① 马列尔偷渡事件发生于1980年,其时15万名古巴人渡海到达佛罗里达州。

述了墨西哥神父塞万多·特雷萨·德·米耶尔（1765—1827）的生平。米耶尔一生为争取祖国的独立而斗争，却遭到当局的迫害。阿里纳斯还创作了一部扣人心弦的自传作品《当黑夜降临》（1992），同名电影大获成功。

第六章

今日拉丁美洲文学

"文学爆炸"可以说是拉丁美洲小说界一场识别度极高的文学运动,加上同时期诗歌界百花齐放的盛景(巴勃罗·聂鲁达、奥克塔维奥·帕斯、何塞·莱萨马·利马、豪尔赫·路易斯·博尔赫斯和尼卡诺尔·帕拉都活跃在这一时期),人们自然而然会对下一阶段的拉丁美洲文坛产生强烈的好奇与期待,尤其是"文学爆炸"尘埃落定之后那场结束这一阶段的关键性文学运动。既然有"文学爆炸"运动,那么理应有"爆炸后"文学才对。然而在文学史上,除非有新的文学巨作和巨擘出现,否则我们很难将文学脉络轻易斩断和分类,就像"文学爆炸"时期那样。当今文坛尚未出现和当年"文学爆炸"一样的盛景,无论在小说界还是在诗歌界,都没有与此前等量齐观的重磅作品或作家出现。

大作家是罕有的,即便只有几位出现,也会让我们期待在下一个瞬间就会迎来一个全新的文坛之春。总体而言,拉丁美洲文坛尽管依然生气勃勃、佳作不断,但与20世纪后30年间的景象已颇为不同。1996年帕斯去世,从某种意义上来说,这意味着一个时代的终结。

20世纪80年代,年轻一代的拉丁美洲作家决心摆脱魔幻现实主义，从"文学爆炸"小说家所倡导的现代主义美学中走出来。这一"爆炸后"的文学运动自称"麦贡多"（"麦贡多"显然脱胎于《百年孤独》中的小镇"马孔多"[①]）。这群作家用笔描绘出一个都市化的、全球化的、被美国文化（如麦当劳餐厅）席卷的拉丁美洲。另一个主要由墨西哥作家组成的类似的文学团体，自称"新浪潮"，他们不仅反富恩特斯，同时也反帕斯及其文学帝国。上述作家群体都没有留下具有传世价值的文学作品——作家在本国声誉平平，在国际上更是如此。马孔多就像荷马的伊萨卡、维吉尔的罗马、巴尔扎克的巴黎或狄更斯的伦敦，无法在文学史上轻易被超越。

新一代拉丁美洲作家分为两大阵营——"麦贡多"和"爆裂"，两者都坚定地站在"文学爆炸"的反面。"麦贡多"事实上是一本小说集的名字，这本书由智利作家阿尔贝托·弗戈特和塞尔吉奥·戈麦斯于1996年编辑出版。同年，一群墨西哥作家发表了著名的"爆裂宣言"，他们反对加西亚·马尔克斯的追随者所创作的具有"异国情调"的拉丁美洲小说——在后者笔下，拉丁美洲被描绘成欧美读者想要看到的样子：粗鄙，乡野，到处是幽灵般的城镇，由肆无忌惮的军事独裁者统治，故事里充斥着本不可能发生、被归结于本地巫术的奇幻事件。

新一代作家倾向于向世界展示一个全球化背景下的拉丁美洲。他们创作现实主义小说，讲述深受媒体影响的都市日常。

[①] "麦贡多"拼写为McOndo，而"马孔多"为Macondo。

这些作家是一群名副其实的"转舵者"。"文学爆炸"的作家群体深受现代主义创作风格的影响，他们的基本诉求是建立拉丁美洲的身份认同，通过自己的语言实验和对历史的挖掘来实现。新一代作家则强调，无须继续为文化身份所困扰，而是应着力探寻电影、电视和广告轰炸下异化图像世界中的个体身份。

法国当代哲学家弗朗索瓦·利奥塔在《后现代状况：关于知识的报告》（1979）中指出，宏大叙事（关于如何看待世界和历史的广泛的哲学教义）正在陷入低潮。这些教义始于启蒙运动，根植于基督精神，赋予了小说广大的叙事空间。身份是拉丁美洲文学中的宏大叙事，但到塞沃罗·萨杜伊的作品问世的时候，这种叙事模式已然瓦解，他的写作关注的是剩下的碎片。

柏林墙的倒塌和苏联的解体，标志着共产主义——一种叙事的历史版本（或曲解）——在苏联陷入低潮。在拉丁美洲，马克思主义一直是（并且在一些地方仍然是）一种世俗化的大众信仰，尽管共产主义在苏联已然宣告无效。或许，所谓的"爆炸后"（如果存在的话）就是这一后现代状况的表达。当今世界给人们的感觉是，它已经不能被文学或知识分子所改变；而之前，在古巴这样的地方，乌托邦是一个可感知的存在。

"麦贡多"和"爆裂"等运动在竞争形式下使"文学爆炸"得以具体化并被曲解。加西亚·马尔克斯或许是最有影响力的作家，但其他作家，如富恩特斯、科塔萨尔、巴尔加斯·略萨、多诺索，以及再近一些的普伊格和萨杜伊，已经转向了这些运动提及的当代拉丁美洲的某些现实。年轻一代的一大问题在于，反对当局虽然会是报刊和新闻采访的好题材，但必须要伴随以重量级的文学作品才能有持久的影响力。"麦贡多"和"爆裂"中的作家都缺乏在质量或市场表现方面可以与《百年孤独》媲美的重量级作品。

他们中有两位通过自己的杰出作品赢得了一定的声誉。"麦贡多"作家、来自玻利维亚的埃德蒙多·帕斯·索尔旦（1967— ）的小说代表作《唐宁的谵妄》（2003）讲述了玻利维亚独裁统治下一名解密者和黑客的故事，故事很复杂，可读性很强。这是一个全新的题材。帕斯·索尔旦本人似乎对谜题相当着迷：他个人最棒的短篇小说之一，也是拉丁美洲近30年最好的短篇小说之一，讲述了一个以创作填字游戏为生的男人的故事。"爆裂"作家、来自墨西哥的豪尔赫·博尔皮（1968— ）出版了几部畅销小说。其中《疯狂的终结》（2003）的故事发生在20世纪60年代后结构主义盛行的巴黎。这是一部讽喻和解构性的作品，尤其针对法国精神分析学家雅克·拉康和他的一众拉丁美洲追随者。它同时是一部很好的间接评价"文学爆炸"的作品。《追寻克林索尔》（1999）获得西班牙简明图书奖，讲述了第二次世界大战期间德国科学家在原子弹方面进行的研究。

自"文学爆炸"时期一直坚持创作的两位女性作家，是来自阿根廷的路易莎·瓦伦苏拉（1938— ）和出生于秘鲁利马的智利作家伊莎贝尔·阿连德（1942— ），两人在一定范围内均产生了持续的影响。尤其是后者，在欧洲大获好评。她的早期作品——尤其是成名作《幽灵之家》（1985）——的风格与加西亚·马尔克斯的十分接近。她的作品频频被翻译成英文出版。瓦伦苏拉是作家路易莎·梅塞德斯·莱文森的女儿,成长在布宜诺斯艾利斯的一个文人家庭,很早就开始尝试写作。她以女性视角创作反阿根廷军政府的小说,向拉丁美洲典型的父权社会开炮。她的作品包含了1982年出版的短篇小说集《交换武器》和1983年出版的《蜥蜴的尾巴》。她在英语世界或欧洲大陆的接受度不及阿连德,但她的作品在学术圈引发了有趣的讨论。

  散文创作再度回暖,两位流亡中的古巴作家是其中的翘楚人物:安东尼奥·何塞·庞特(1964—)和拉法埃尔·罗哈斯(1965—)。庞特还同时创作诗歌和小说,发表了有很高独创性的散文——如《监视下的节日》(2007),记录了一名意大利摄影师的古巴之旅。散文涉及卡斯特罗政权下萧瑟的哈瓦那,以及一座座设计新颖的烂尾楼。庞特文风幽默,行文流畅,对细节的掌控尤为到位。他仔细描述了一家年代久远的酒吧里的一台古老的点唱机如何被翻修以吸引更多游客。他不动声色地描述了一场博物馆之旅,国家安全人员展示了一段很长的被镇压的历史中的物件。《监视下的节日》读来像一部小说。历史学家罗哈斯是一位非常多产的散文家,凭借对古巴的精细描摹获得了两个著名的文学奖项。在《不平静的坟墓》(2006)中,作家描绘了拥护卡斯特罗政权的知识分子眼中的一部修正主义的古巴史。这是一部研究深入的作品,以历史学家的均衡角度切入,对一些支持政府的知识分子及其前辈,给予了不留情面的抨击。

  罗哈斯、庞特,以及来自拉丁美洲和西班牙的作家在一本名为《自由写作》的刊物上发表文章,这本刊物可以说是拉丁美洲此前所有重要文学刊物的继承者。刊物总部设于墨西哥城,由著名历史学家恩里克·克劳泽担当主编,后者曾与奥克塔维奥·帕斯共同创办《回归》。同时,《自由写作》也在马德里出版,内容与墨西哥版略有不同。刊物囊括了文化和政治评论、书评,以及小说和诗歌。这是现阶段拉丁美洲文化界最重要的文化刊物。古巴知名刊物《美洲人之家》仍在出版,但已不复之前的影响力。

另两位将拉丁美洲文学重新拉入现代读者视野的小说家,分别是费尔南多·巴列霍(哥伦比亚,1942—)和罗贝托·波拉尼奥(智利,1953—2003)。巴列霍很早就离开了他出生的城市麦德林,他早年学习哲学,后改学生物学并获得生物学学位。在罗马,他学习了电影制作,并回到哥伦比亚开始制作电影。但他与哥伦比亚政府政见不合,于1971年搬往墨西哥居住。至今他依然住在那里,并加入墨西哥国籍。巴列霍对毒品、同性恋、暴力、语法和宗教都有兴趣,这在他的小说和电影中均有呈现。他本人是一名高调出柜的同性恋者,十分招摇,喜爱动物,尤其是狗。所有这些元素贯穿于他最杰出的小说《刺客们的圣母》(1994)之中,这部作品是他自我虚构的麦德林返乡之旅。叙事者兼主人公是一位中年同性恋者,他是语法教材的作者,与两个十几岁的青少年长期保持着同性恋人关系,而后者是职业杀手,受雇于两家相互竞争的贩毒团体。巴列霍不动声色地描绘了这些职业杀手的生活,他们以杀人为乐,会因为一点莫须有的小事在街上拔枪动火。

小说的语言和书名都彰显了贯穿全书的宗教基调，譬如，杀手将受害人脑门上的枪眼称作"圣灰十字架"，这与天主教徒在圣灰星期三往彼此额头上涂抹的圣灰叫法一致。语法学家通过抒情的语句表达自己对这两个男孩的爱意，显露出古典西班牙诗歌的影响。《刺客们的圣母》的文风冷酷有力，不仅因为描写营造出丑陋、暴力的社会氛围，而且因为小说似乎挖掘出了人性中最隐秘和龌龊的部分。小说在展现社会的堕落方面不遗余力，仿佛作者为尼采附体一般。

2003年，巴列霍在加拉加斯荣膺罗慕洛·加列戈斯文学奖，与加西亚·马尔克斯、富恩特斯和巴尔加斯·略萨等文豪并肩。在颁奖仪式上，怀着对委内瑞拉现任乌戈·查韦斯政府的不满，他不无嘲讽地将菲德尔·卡斯特罗与基督耶稣做比较（此举引起了人们的强烈反感），并将奖金悉数捐赠给一家动物保护组织。很快，巴列霍被政府驱逐。获得墨西哥国籍后，他写了一封长信，心潮澎湃地解释了自己放弃哥伦比亚国籍的原因，此举同样令人反感。巴列霍的态度和行动，很像一个颓废主义者或"被放逐的诗人"（如波德莱尔、魏尔伦和兰波），他本人也曾对这些作家公开表达过敬仰之情。与"文学爆炸"及其后那批有着坚定的政治理念并且"政治正确"的作家相比，巴列霍颓废的政治立场无疑是前所未有的。

波拉尼奥几乎是当今唯一一个可以与"文学爆炸"作家相提并论的拉丁美洲作家，是一颗冉冉升起的新星，却于50岁英年早逝。他去世后，他的声名依然卓著，这完全源于作品的高质量。

波拉尼奥是一名卡车司机的儿子,高中便辍学回家写诗。他还很年轻时就搬去了墨西哥;在那里,他结交了一批叛逆的诗人,加入愤怒的文学团体,不停攻击精英作家的诗歌朗读。奥克塔维奥·帕斯是他们抨击的主要对象。《荒野侦探》(1998)就是以这群叛逆的年轻诗人为原型创作的,这部作品给他带来了声誉,并使他于1999年荣膺罗慕洛·加列戈斯文学奖。那时候,波拉尼奥已辗转去了巴塞罗那,并摆脱了漫游欧洲时沾染的毒瘾。《荒野侦探》被拿来与"文学爆炸"最优秀的作品和莱萨马·利马的《天堂》(波拉尼奥非常看不起加西亚·马尔克斯及任何与魔幻现实主义相关的创作)相比较。小说中有多个叙事者,围绕主人公尤利西斯·利马(名字取得很巧妙)的一群落魄诗人,令人联想到《跳房子》中的长蛇俱乐部;而波拉尼奥对同是超现实主义追随者的科塔萨尔颇感敬佩,与这位阿根廷作家在很多文学趣味方面也不谋而合。

因害怕肝功能问题会随时危及生命,波拉尼奥在生命的最后几年奋笔疾书,同时为自己与加泰罗尼亚妻子生下的两个孩子感到担忧。新写就的小说虽然篇幅不及《荒野侦探》,但部部都是充满野心的力作。《智利夜曲》(2000)的英文版书名被译为《智利之夜》,这是一部中上之作,在不到200页的篇幅里,一个垂死的智利神父回顾了他的一生。这位博学的神父同时精通拉丁和希腊经典,曾任奥古斯托·皮诺切特将军及其幕僚的参谋。他穿越欧洲一座又一座城市的教堂,协助消灭城市上方如雨点般落下的白鸽。每座教堂各自给出的解决方案——放飞捕捉鸽子的鹰隼,每只都根据当地语言和文化取名——十分可笑,充满特殊的象征含义。波拉尼奥罕见的文风既令人捧腹又十分深刻,他针对天主教堂所作的描写可被称作是一种恭敬的讽刺。通过对这位神父的描写,波拉尼奥展现了他对但丁的了解,或许包括他的文学偶像豪尔赫·路易斯·博尔赫斯。

在不远的将来,会有另一位波拉尼奥出现吗?在今天的拉丁美洲,依然运营着许多文学刊物。作家聚集在各国首都讨论文学,来自西班牙语国家的艺术家和知识分子,依然因为同样的原因(政治迫害、对文学新局面的渴望)相聚在巴黎、马德里、纽约和其他城市。在他们各自的国度,即便是在一些小镇里,胸怀大志的小说家和诗人围坐在咖啡馆的圆桌旁,交换看法,互相阅读。另一位波拉尼奥或许已经在他们之中诞生,只是有待发掘。又或者,一位与波拉尼奥不相像的作家,或许会以特别的原创性突然出现在众人的视野中,带着足以传世的作品,令所有人大吃一惊。一切都难以预测。只有当我们回头去看时,文学史的模式才会显露出来。

译名对照表

A

Afro-Cuban movement "非洲-古巴"运动
Agustini, Delmira 德尔米拉·阿古斯蒂尼
Alberti, Rafael 拉法埃尔·阿尔维蒂
Aleixandre, Vicente 维森特·阿莱克桑德雷
Alemán, Mateo 马特奥·阿莱曼
Alfaro Siqueiros, David 戴维·阿尔法罗·西凯洛斯
Allende, Isabel 伊莎贝尔·阿连德
Alonso, Amado 亚马多·阿隆索
Alonso, Dámaso 达马索·阿隆索
Allende, Salvador 萨尔瓦多·阿连德
Appolinaire, Guillaume 纪尧姆·阿波利奈尔
Arenas, Reinaldo 雷纳尔多·阿里纳斯
Aridjis, Homero 霍梅罗·阿里德吉斯
Asociación de Mayo 五月协会
Asomante《探路人》
Asturias, Miguel Ángel 米格尔·安赫尔·阿斯图里亚斯
Atahualpa 阿塔瓦尔帕
avant-garde 先锋派
Azuela, Mariano 马里亚诺·阿苏埃拉

B

Balzac, Honoré de 奥诺雷·德·巴尔扎克
Barba Jacob, Porfirio 波费里奥·巴尔瓦·雅各布
Baroque 巴洛克
Barroco de Indias "印第安式"巴洛克风格
Barros Arana, Diego 迭戈·巴罗斯·阿拉纳
Barth, John 约翰·巴思
Batista, Fulgencio 富尔亨西奥·巴蒂斯塔
Baudelaire, Charles 夏尔·波德莱尔
Bécquer, Gustavo Adolfo 古斯塔沃·阿道夫·贝克尔
Bello, Andrés 安德烈斯·贝略
Benítez Rojo, Antonio 安东尼奥·本尼特兹·罗霍
Beowulf《贝奥武夫》
Blake, William 威廉·布莱克
Blanchot, Maurice 莫里斯·布朗肖
Blanco Fombona, Rufino 卢菲诺·布兰科·丰博纳
Bolaño, Roberto 罗贝托·波拉尼奥
Bolívar, Simón 西蒙·玻利瓦尔
Boom of the Latin American novel 拉丁美洲小说的"文学爆炸"
Borges, Jorge Luis 豪尔赫·路易斯·博尔赫斯

Borrero, Juana 胡安娜·博莱罗
Breton, André 安德烈·布勒东
Byron, Lord (George Gordon) 拜伦勋爵（乔治·戈登）

C

Cabrera Infante, Guillermo 吉列尔莫·卡夫雷拉·因方特
Calvino, Italo 伊塔洛·卡尔维诺
Camus, Albert 阿尔贝·加缪
Cardenal, Ernesto 埃内斯托·卡德纳尔
Carpentier, Alejo 阿莱霍·卡彭铁尔
Casa de las Américas《美洲人之家》
Casal, Julián del 胡利安·德尔·卡萨尔
Casas, Fray Bartolomé de las 巴托洛梅·德·拉斯卡萨斯神父
Castro, Américo 亚美利哥·卡斯特罗
Castro, Fidel 菲德尔·卡斯特罗
Céline, Louis Ferdinand 路易·费迪南·塞利纳
Cervantes, Miguel de 米格尔·德·塞万提斯
Chanson de Roland《罗兰之歌》
Chaplin, Charlie 查理·卓别林
Chateaubriand, François-René 弗朗索瓦-勒内·夏多布里昂
Chávez, Hugo 乌戈·查韦斯
Columbus, Christopher 克里斯托弗·哥伦布
Conrad, Joseph 约瑟夫·康拉德
Contemporáneos《当代人》
Cortázar, Julio 胡里奥·科塔萨尔
Cortés, Hernán 埃尔南·科尔特斯

Crack Manifesto "爆裂宣言"
Creationism 特创论
Cunha, Euclides da 尤克里德斯·德·库尼亚

D

Dante Alighieri 但丁·阿利基耶里
Darío Rubén 鲁文·达里奥
Derrida, Jacques 雅克·德里达
Dickens, Charles 查尔斯·狄更斯
Donoso, José 何塞·多诺索
Dostoyevsky, Fyodor 费奥多尔·陀思妥耶夫斯基
Dumas, Alexandre 亚历山大·仲马

E

Eco, Umberto 翁贝托·艾柯
Echeverría, Esteban 埃斯特旺·埃切维里亚
Einstein, Albert 阿尔伯特·爱因斯坦
Eliot, T. S. T.S. 艾略特
El repertorio americano《美洲文荟》
Emerson, Ralph Waldo 拉尔夫·沃尔多·爱默生
Estrada Cabrera, Manuel 曼努埃尔·埃斯特拉达·卡夫雷拉

F

Faulkner, William 威廉·福克纳
Félix, María 玛利亚·菲利克斯
Fernández de Lizardi, José Joaquín 何塞·华金·费尔南德斯·德·利萨迪
Foucault, Michel 米歇尔·福柯
Franco, Francisco 弗朗西斯科·佛朗哥
Freud, Sigmund 西格蒙德·弗洛伊德

Fuentes, Carlos 卡洛斯·富恩特斯
Fuget, Alberto 阿尔贝托·弗戈特

G

Gallegos, Rómulo 罗慕洛·加列戈斯
Gaos, José 何塞·高斯
García Lorca, Federico 费德里科·加西亚·洛尔迦
García Márquez, Gabriel 加夫列尔·加西亚·马尔克斯
gauchos 高乔人
Genette, Gerard 热拉尔·热奈特
Gómez, Juan Vicente 胡安·维森特·戈麦斯
Gómez, Sergio 塞尔吉奥·戈麦斯
Gómez de Avellaneda, Gertrudis 赫特鲁迪斯·戈麦斯·德·阿韦亚内达
González Martínez, Enrique 恩里克·冈萨雷斯·马丁内斯
Góngora, Luis de 路易斯·德·贡戈拉
Goytisolo, Juan 胡安·戈伊狄索洛
Guevara, Ernesto "Che," 埃内斯托·"切·"格瓦拉
Guillén, Jorge 豪尔赫·纪廉
Guillén, Nicolás 尼古拉斯·纪廉
Güiraldes, Ricardo 里卡多·吉拉尔德斯
Gutiérrez, Juan María 胡安·玛利亚·古铁雷斯
Gris, Juan 胡安·格里斯
Guzmán, Martín Luis 马丁·路易斯·古斯曼

H

Hearst, William Randolph 威廉·朗道尔夫·赫斯特

Heidegger, Martin 马丁·海德格尔
Hemingway, Ernest 欧内斯特·海明威
Henríquez Ureña, Pedro 佩德罗·恩里克斯·乌雷尼亚
Heredia, José María 何塞·玛利亚·埃雷迪亚
Hernández, José 何塞·埃尔南德斯
Herrera y Reissig, Julio 胡里奥·埃雷拉·伊·赖西格
Homer 荷马
Horace 贺拉斯
Huaina Cápac 瓦伊纳·卡帕克
Huerta, Victoriano 维克托里亚诺·韦尔塔
Hugo, Victor 维克多·雨果
Huidobro, Vicente 维森特·维多夫罗
Humboldt, Alexander von 亚历山大·冯·洪堡

I

Ibarbourou, Juana de 胡安娜·德·伊瓦若
Indians 印第安人
 Aztec calendar 阿兹特克历法
 Aztec mythology 阿兹特克神话
 Guaraní 瓜拉尼人
 Mayan culture (*Popol Vuh*) 玛雅文化（《波波尔·乌》）
Isaacs, Jorge 霍尔赫·伊萨克斯

J

James, Henry 亨利·詹姆斯
Jiménez, Juan Ramón 胡安·拉蒙·希梅内斯
Joyce, James 詹姆斯·乔伊斯

Juana Inés de la Cruz, Sor 索尔·胡安娜·伊内斯·德·拉·克鲁斯

K

Kafka, Franz 弗兰兹·卡夫卡
Kempis, Thomas à 托马斯·厄·肯培斯
Krauze, Enrique 恩里克·克劳泽

L

Laforge, Jules 于勒·拉福格
Lacan, Jacques 雅克·拉康
Lamartine, Alphonse de 阿尔封斯·德·拉马丁
Lautréamont, Comte de (Isidore Lucien Ducasse) 德·洛特雷阿蒙伯爵（伊齐多尔·吕西安·迪卡斯）
Letras libres《自由写作》
Levinson, Luisa Mercedes 路易莎·梅塞德斯·莱文森
Lezama Lima, José 何塞·莱萨马·利马
Lincoln, Abraham 亚伯拉罕·林肯
Lispector, Clarice 克拉丽丝·李斯佩克朵
Lugones, Leopoldo 莱奥波尔多·卢戈内斯
Lunes de Revolución《革命报·星期一》
Lyotard, Jean-François 让-弗朗索瓦·利奥塔

M

Machado, Antonio 安东尼奥·马查多
Machado, Gerardo 格拉多·马查多
MacOndo 麦贡多
Madero, Francisco 弗朗西斯科·马德罗
Malinche 马琳切

Mallarmé, Stéphane 斯特芳·马拉美
Mallea, Eduardo 爱德华多·马叶亚
Mariátegui, José Carlos 何塞·卡洛斯·马里亚特吉
Mármol, José 何塞·马莫尔
Martí, José 何塞·马蒂
Matto de Turner, Clorinda 科洛林达·马托·德·图内尔
Menéndez y Pelayo, Marcelino 马塞力诺·梅嫩德斯·伊·佩拉约
Mier, Fray Servando Teresa de 塞万多·特雷萨·德·米耶尔神父
Mistral, Gabriela 加夫列拉·米斯特拉尔
Mitre, Bartolomé 巴托洛梅·米特雷
Moctezuma 蒙特苏马
Monte, Domingo del 多明戈·德尔·蒙特
Montesquieu, Baron de 孟德斯鸠男爵
Mozart, Wolfgang Amadeus 沃尔夫冈·阿马德乌斯·莫扎特
Mundo Nuevo《新世界》
Musset, Alfred de 阿尔弗莱·德·缪塞

N

Nueva Onda "新浪潮"
Neruda, Jan 杨·聂鲁达
Neruda, Pablo 巴勃罗·聂鲁达
Nervo, Amado 阿玛多·内尔沃
Nibelungenlied《尼伯龙人之歌》
Nietzsche, Friedrich 弗里德里希·尼采
novelas de la tierra 大地小说

O

Olmedo, José Joaquín 何塞·华金·奥

尔梅多
Onetti, Juan Carlos 胡安·卡洛斯·奥内蒂
Orígenes《起源》
Ortega y Gasset, José 何塞·奥尔特加·伊·加塞特
Ovid 奥维德

P

Padilla, Heberto 埃维尔托·帕迪利亚
Palma, Ricardo 里卡多·帕尔玛
pampas 潘帕斯草原
Parnassians 帕尔纳斯派
Parra, Nicanor 尼卡诺尔·帕拉
Paz, Octavio 奥克塔维奥·帕斯
Paz Soldán, Edmundo 埃德蒙多·帕斯·索尔旦
Pérez Galdós, Benito 贝尼托·佩雷斯·加尔多斯
Pérez Jiménez, Marcos 马科斯·佩雷斯·希门内斯
Picasso, Pablo 巴勃罗·毕加索
Pinochet, Augusto 奥古斯托·皮诺切特
Poe, Edgar Allan 埃德加·爱伦·坡
Poema del Mío Cid《熙德之歌》
poetes maudits "被放逐的诗人"
Ponte, Antonio José 安东尼奥·何塞·庞特
Porras Barrenechea, Raúl 劳尔·波拉斯·巴雷内切亚
Proust, Marcel 马塞尔·普鲁斯特
Puig, Manuel 曼努埃尔·普伊格

Q

Quevedo, Francisco de 弗兰西斯科·德·克维多
Quiroga, Facundo 法昆多·基罗加
Quiroga, Horacio 奥拉西奥·基罗加

R

Rabassa, Gregory 格雷戈里·拉瓦萨
Ramos, Samuel 萨穆埃尔·拉莫斯
Rimbaud, Arthur 阿蒂尔·兰波
Rivera, Diego 迭戈·里维拉
Rivera, José Eustasio 何塞·欧斯达西奥·里维拉
Roa Bastos, Augusto 奥古斯托·罗亚·巴斯托斯
Robbe-Grillet, Alain 阿兰·罗伯-格里耶
Rodó, José Enrique 何塞·恩里克·罗多
Rodríguez de Francia, José Gaspar 何塞·加斯帕尔·罗德里格斯·德·弗朗西亚
Rodríguez Feo, José 何塞·罗德里格斯·菲奥
Rodríguez Monegal, Emir 埃米尔·罗德里格斯·莫内加尔
Rojas, Gonzalo 贡萨罗·罗哈斯
Rojas, Rafael 拉法埃尔·罗哈斯
Roosevelt, Theodore 西奥多·罗斯福
Rosas, Juan Manuel de 胡安·马努埃尔·德·罗萨斯
Rousseau, Jean-Jacques 让-雅克·卢梭
Rulfo, Juan 胡安·鲁尔福

S

Sábato, Ernesto 埃内斯托·萨巴托
Saint-Pierre, Bernardin de 贝纳丹·德·圣比埃

Salinas, Pedro 佩德罗·萨利纳斯
Sarduy, Severo 塞沃罗·萨杜伊
Sarmiento, Domingo Faustino 多明戈·福斯蒂诺·萨米恩托
Sartre, Jean-Paul 让-保罗·萨特
Silva, José Asunción 何塞·亚松森·席尔瓦
Stalin, Joseph 约瑟夫·斯大林
Stein, Gertrude 格特鲁德·斯坦
Stevens, Wallace 华莱士·史蒂文斯
Storni, Alfonsina 阿方斯娜·斯托尔妮
Suárez y Romero, Anselmo 安塞尔莫·苏亚雷斯·伊·罗梅罗
Sucre, Antonio José de 安东尼奥·何塞·德·苏克雷
Sucre, Guillermo 吉列尔莫·苏克雷
Sur《南方》

T

Tel Quel "太凯尔"
Torres Caicedo, José María 何塞·玛利亚·托雷斯·卡塞多
Trujillo, Rafael 拉斐尔·特鲁希略

U

Unamuno, Miguel de 米盖尔·德·乌纳穆诺
United Fruit Company 联合果品公司

V

Valenzuela, Luisa 路易莎·瓦伦苏拉
Valera, Juan 胡安·巴莱拉
Vallejo, César 塞萨尔·巴列霍
Vallejo, Fernando 费尔南多·巴列霍
Vargas Llosa, Mario 马里奥·巴尔加斯·略萨
Vega, Garcilaso de la Vega 加尔西拉索·德·拉·维加
Valéry, Paul 保罗·瓦雷里
Verlaine, Paul 保罗·魏尔伦
Vico, Gianbattista 詹巴蒂斯塔·维柯
Villa, Pancho 潘丘·比利亚
Villaverde, Cirilo 西里洛·比利亚维尔德
Virgil 维吉尔
Volpi, Jorge 豪尔赫·博尔皮

W

Washington, George 乔治·华盛顿
Welles, Orson 奥逊·威尔斯
Whitman, Walt 沃尔特·惠特曼
Wordsworth, William 威廉·华兹华斯

扩展阅读

Primary sources

For the texts mentioned or discussed in all chapters, the best source is *The Borzoi Anthology of Latin American Literature* (New York: Knopf, 1977), in two volumes, edited by Emir Rodríguez Monegal. It also covers the colonial period. Modern poetry, from the late nineteenth century (Modernismo) until the end of the twentieth may be read in *Twentieth-Century Latin American Poetry: A Bilingual Anthology*, edited by Stephen Tapscott (Austin: University of Texas Press, 1996). These books should suffice for chapters 1, 2, 4, and 5. A translation of a major modern poet that can be consulted is Pablo Neruda, *Canto General*, trans. Jack Schmitt, introduction by Roberto González Echevarría (Berkeley: University of California Press, 1991).

Most of the authors discussed in chapter 3 also appear in *The Borzoi Anthology*, but the following may be added:
    Gómez de Avellaneda, Gertrudis. *Sab* and *Autobiography*.
        Translated by Nina M. Scott. Austin: University of Texas Press, 1993.
    Rodó, José Enrique. *Ariel*. Translated by Margaret Sayers Peden. Austin: University of Texas Press, 1988.
    Sarmiento, Domingo Faustino. *Facundo: Civilization and Barbarism*. Translated by Kathleen Ross. Introduction by Roberto González Echevarría. Berkeley: University of California Press, 2003.

Villaverde, Cirilo. *Cecilia Valdés*. Translated by Helen Lane and Sibylle Fischer. New York: Oxford University Press, 2005.

Fragments of the novels commented upon, as well as short stories, are also included in *The Borzoi Anthology* and in *The Oxford Book of Latin American Short Stories*, ed. Roberto González Echevarría (New York: Oxford University Press, 1997). The following may be added:
    Borges, Jorge Luis. *Collected Fictions*. Translated by Andrew Hurley. New York: Viking, 1998.
    Carpentier, Alejo. *The Kingdom of This World*. Translated by Harriet de Onís. New York: Knopf, 1957.
    Fuentes, Carlos. *The Death of Artemio Cruz*. Translated by Sam Hileman. New York: Farrar, Straus and Giroux, 1964.
    Gallegos, Rómulo. *Doña Barbara*. Translated by Robert Malloy. New York: Peter Smith, 1948.
    García Márquez, Gabriel. *One Hundred Years of Solitude*. Translated by Gregory Rabassa. New York: Harper and Row, 1970.
    Lezama Lima, José. *Paradiso*. Translated by Gregory Rabassa. New York: Farrar, Straus and Giroux, 1974.
    Rulfo, Juan. *Pedro Páramo*. Translated by Margaret Sayers Peden. New York: Grove Press, 1994.
    Vargas Llosa, Mario. *Time of the Hero*. Translated by Lysander Kemp. New York: Grove Press, 1966.

The best two contemporary novelists, Fernando Vallejo and Roberto Bolaño, who are discussed in chapter 6, may be read in the following editions:
    Bolaño, Roberto. *By Night in Chile*. Translated by Chris Andrews. New York: New Directions Books, 2003.
    Vallejo, Fernando. *Our Lady of the Assassins*. Translated by Paul Hammond. London: Serpent's Tail, 2001.

Secondary sources

The best source of information about Latin American literature is *The Handbook of Latin American Studies*, coordinated by the Library of Congress. It is an annotated bibliography, updated weekly online at http://lcweb2.loc.gov/hlas/hlashome.html.

A print edition is published by the University of Texas Press. Each year, the coverage of the print edition's new volume alternates between humanities and social sciences. The humanities bibliographies cover both literature and criticism.

Adorno, Rolena. *The Polemics of Possession in Spanish American Narrative*. New Haven, CT: Yale University Press, 2007.

Anderson Imbert, Enrique. *Spanish-American Literature: A History*. Detroit: Wayne State University Press, 1963.

Bloom, Harold, ed. *Modern Latin American Fiction*. New York: Chelsea House Publishers, 1990.

Covington, Paula H., ed. *Latin America and the Caribbean: A Critical Guide to Research Sources*. Westport, CT: Greenwood, 1992.

González Echevarría, Roberto. *Myth and Archive: A Theory of the Latin American Narrative*. Durham, NC: Duke University Press, 1998.

González Echevarría, Roberto. *The Voice of the Masters: Writing and Authority in Modern Latin American Literature*. Austin: University of Texas Press, 1985.

González Echevarría, Roberto, and Enrique Pupo Walker, eds. *The Cambridge History of Latin American Literature*. 3 vols. New York: Cambridge University Press, 1996. Vol. 2 is on modern Latin American literature.

Hart, Stephen M. *A Companion to Latin American Literature*. London: Tamesis, 2007.

Henríquez Ureña, Pedro. *Literary Currents in Hispanic America*. Cambridge, MA: Harvard University Press, 1945.

Jrade, Cathy L. *Modernismo, Modernity, and the Development of Spanish American Literature*. Austin: University of Texas Press, 1998.

Kirkpatrick, Gwen. *The Dissonant Legacy of Modernismo: Lugones, Herrera y Reissig, and the Voices of Modern Spanish American Poetry*. Berkeley: University of California Press, 1989.

Luis, William, ed. *Modern Latin-American Fiction Writers*. First Series. Detroit: Gale, 1992.

Luis, William, and Ann González, eds. *Modern Latin-American Fiction Writers*. Second Series. Detroit: Gale, 1994.

Paz, Octavio. *Children of the Mire: Modern Poetry from Romanticism to the Avant-Garde*. Cambridge, MA: Harvard University Press, 1974.

Pérez Firmat, Gustavo, ed. *Do the Americas Have a Common Literature?* Durham, NC: Duke University Press, 1990.

Picón Salas, Mariano. *A Cultural History of Spanish America, from Conquest to Independence.* Translated by Irving A. Leonard. Berkeley: University of California Press, 1962.

Solé, Carlos A., ed. *Latin American Writers.* New York: Charles Scribner's Sons, 1989.

Unruh, Vicky. *Latin American Vanguards: The Art of Contentious Encounters.* Berkeley: University of California Press, 1994.